主编　凌翔　　　　　　　　当代作家精品·散文卷

在隧洞中穿行

孙善文　著

天津出版传媒集团

天津人民出版社

图书在版编目 (CIP) 数据

在隧洞中穿行 / 孙善文著 . -- 天津：天津人民出
版社，2021.10
（当代作家精品 / 凌翔主编 . 散文卷）
ISBN 978-7-201-17683-3

Ⅰ.①在… Ⅱ.①孙… Ⅲ.①散文集－中国－当代
Ⅳ.① I267

中国版本图书馆 CIP 数据核字（2021）第 188236 号

在隧洞中穿行
ZAI SUIDONG ZHONG CHUANXING

出　　版　天津人民出版社
出 版 人　刘　庆
地　　址　天津市和平区西康路 35 号康岳大厦
邮政编码　300051
邮购电话　（022）23332469
电子信箱　reader@tjrmcbs.com

责任编辑　岳　勇
封面设计　张瑞玲
封面题字　钟国康
封底篆刻　孙善文
主编邮箱　jfjb-lx2007@163.com

印　　刷　三河市金元印装有限公司
经　　销　新华书店
开　　本　710 毫米 × 1000 毫米　1/16
印　　张　13
字　　数　200 千字
版次印次　2021 年 10 月第 1 版　2021 年 10 月第 1 次印刷
定　　价　59.80 元

序言　散文的力与重
耿立

　　我对散文往雅里写是很警惕的，特别是对标举散文是美文，也心存怀疑，当下对美文的提倡更是应该修正，在散文家那里，散文就是修辞的功夫，是一些人生的感悟抒怀，抒发一些小哲理，找一些小片段卖些回忆，也多是温馨与温婉。牵扯亲情，也是无伤大雅的不触及人情冷暖和伦理幽暗的书写。我总觉得他们的精神谱系是朱自清的《荷塘月色》、梅雨潭的《绿》，即使《背影》这样的散文，是不测量人性的恶的，是没有抗议和反叛的，是散文的家臣顺民。

　　在善文把散文集《在隧洞中穿行》送我阅读的时候，我总想，散文的力与重量到底在哪里？

　　我以为，散文的力与重量唯真不破，这个真，是由"我"承担的，在很多的散文家那里，"我"是单面的，甚至是狭窄的，只负责"貌美如花"，而对那些残破甚至突破美与善更加真实的人性或生活状态，采取自闭症似的生存态度，甚至是盲视、无视。

那些父老的艰困和愤怒在"我"这里没有了，那些粗粝的生活场景被遮蔽了，那些自我精神的困境和危机被消解了，社会地方复杂性，被规划到美文的狭窄轨道，其实说白了，这是思维的惰性和精神的惰性，在所谓安全的同质化轨道运行，其实我们看到过很多的假崇高、伪道学，他们过滤掉那些最本真的部分，散文成了最"卫生"的文字，其实这样的文字，就是作伪和撒谎。

所喜的是，我在善文的散文里，读到了没被同质化的优秀因子。他写七岁童年时，弟弟在池塘溺水而死，"母亲刚从农田赶回来，脚上还满是泥浆。她在地上打滚着，汗水沾着泥沙把她变成了一个泥人，那撕心裂肺的哭声令人无不动容。祖母哭唱着回忆起倌弟实在太短暂的一生"，那种痛，数十年仍烙印在父母的骨髓深处，多年后善文的儿子因为贪玩，几小时失去联系，全家出动寻找，而儿子回来后，善文的父亲一言不发，默默地把自己关在房间中，母亲却整个哭成了泪人，如此凄然的哭声，令妻子满脸诧异，但善文却是听懂了，因为这与当年的哭泣实在太像了。

我喜欢这样质朴的原生态文字，不避生活的痛，这应该是当下散文补上的一课。善文写道，当年弟弟溺水后，祖父再也不让他去游泳了，有一次他偷偷跑到村子前面的河里游玩，没想到被祖父知道了。祖父则拿着绳子，用力抽打着，把他打得遍体伤痕。同时，由于担心捉水蛇时碰上毒蛇，蛇也不能捉了，祖父甚至将煮蛇的砂锅整个打碎了。小时候，由于太贪玩，有时祖母穿行于各个巷道寻找善文，他甚至会故意不回应她，但当祖母着急的呼唤声一发出，他会第一时间像被线牵上一样回去，毫不迟疑。

善文的叙写，是质朴的，好不炫技，我知道，他写过多年的散文诗，我怕那种所谓的诗意浸透他的散文文字，所幸，他没有把散文诗的毛病带入散文。我不是反对诗意，我是反对那种轻薄。我觉得，散文应该回归到那种最本质的品质：真。真挚、真诚，回到选材的真、叙事的真、精神的真、这是一种信，对文体的信、对生活的信、对读者的信。回到修辞立其诚，回到散文大厦的根本，让散文不轻佻，不挤眉弄眼，不搔首弄姿，不假面不画皮。精神的信，才有文本的信，精神的诚实和真诚才有散文文本的诚实和真诚，这才是散文之美，美在本真。

我记得奥威尔曾讲过：在欺骗成为普遍现象的时代，讲真话就是革命行为。奥威尔的话是可作为散文写作者的提醒的。我在广州南沙一次散文讲座《谈当下散文创作诗意与小说化陷阱》曾阐释景凯旋先生的一段话：中国文学自有其高蹈的传统，面对现实往往是轻盈的转身。可世上还有一种文学叫人道主义，在它的法则中，真比美更为重要。像陀思妥耶夫斯基的《死屋手记》、契诃夫的《第六病室》，便都是人类艺术的精品。要理解它们，得进入另一种文学范畴。

是的，在善文的散文文字里，我再一次地印证了，真比美更重要，凡是善文感动我的文字，都是那种质朴的呈现，比如他写祖父的死，我读到了这种跨老人遗体可免除灾祸的奇异风俗，善文写道：

> 祖父尚未入殓，我和弟弟、妹妹长跪在他的遗体前。祖母说，你们几个都从祖父的遗体上跨过吧！这样往后遇到什么危险和困难，他就会助你们逢凶化吉。

善文住在深圳二十多年，现在仍是个漂泊的灵魂，他追问，一个地方要住多久才算故乡。是的，回不去的才叫故乡，或者说，故乡是在纸上的，故乡给予善文的滋养，影响着他的文字行走的姿势和端庄的仪态，我说这来自雷州的河流山川，来自那些雷剧，那些故乡的图腾石狗。"石狗源于乡野，造于乡野，存于乡野，生于乡野，旺于乡野，它没有庙堂官府门前石狮的威风、尊贵，但却依然可以将狗固有的平朴、忠诚、侠勇的精神在绵远的光阴中世代演绎，这与故乡人的性格颇为相近，宽厚却不乏豪爽，忠诚却不乏坚韧"。

　　善文有一个记载他祖母的故事：记得有一次，当时只有祖母一人在家看店，店里来了两个走亲戚模样的人，一下子就在店里买了十多块钱的东西，这在当时也算是一笔不小的买卖了。母亲回来后，祖母高兴地同母亲说起这事，但母亲拿来那钱一看，傻眼了，这两张十元币都是假币啊！祖母当天就气得连晚饭都不想吃了，坐在一边不断地自责。有邻居出主意说，这钱拿到镇里也准能用掉。祖母叫来了父亲说，这钱已让咱们如此伤心，怎么可能再让它去伤害别人呢？这两张假币便也一直由父亲收存，因为它见证了一个农村妇女堂堂正正做人的良心。

　　我把这段文字里的祖母看作善文文字良善和质朴、真诚不欺的源头，一个不识字的老人，自有乡间的底线，而两个外乡走亲戚模样的人，我觉得是一种异化，这也可看作一种象征。在深圳，祖母这样的魂灵和做派，怕是不多见的了，这也是每到春节，善文带着妻儿老小回到故乡，让儿子濡染故乡文化的深层原因，他让自己、妻子、儿子，随着自己的老母亲祭祀。"我觉得，这是一种文化的接通，是一种意识和内心的认同：为了每次的祭祀。母亲都是从凌晨开始事无巨细地准备，将每个环节安排妥当，以表达对神的诚意。她不止一次对我说过，一年难得回来一次，要多拜，好话不怕重复，拜多了，情就更浓了。看着日渐老去的母亲，我突然觉得，母亲其实是在给我一种心理的暗示。我们跟着母亲拜神，就是陪着母亲跪拜土地，让故乡不要抛弃我，让儿孙铭记出身何处。"

　　但是在善文的文字里，我看到了城乡的巨大割裂，或者是新一代的都市人，善文的儿子，与故乡的内在的精神和认知的鸿沟，善文写道：对于每天的求拜，儿子就曾私下问我，同样的话，为什么不能一次性说完呢？你们天天在神仙面前唠叨，他不烦吗？这让我顿时无语。我对他说，听奶奶的就好，好话不怕重复。对小孩子们而言，拜神相较于玩手机、放鞭炮等，明显是缺乏了吸引力，儿子回到家里的当天，第一件事就是问爷爷，家里有网络吗？在他的心目中，只有网络才是联通外部世界的窗户，网络的世界里充盈着更多快乐的元素。

善文的散文是思考的，他有着自己的力和重，在美文泛滥肆虐之时，我看重的是这些有分量的东西，这来自善文文字的质朴端庄，更来自文字的背后，每一篇真诚的文字背后，都站立着一个真诚的灵魂。我又一次看到善文对待人的真诚与憨厚，就像面对他的文字。

（本文作者石耿立，笔名耿立，散文家、诗人、创意写作教授、中国作家协会会员。曾获第七届鲁迅文学奖提名、入围第五届鲁迅文学奖，获老舍文学奖、泰山文艺奖、三毛散文奖等奖项）

目　录

第一辑　凤凰树下

一条叫南渡的大河

九曲回肠

看到"大河"一词，断然会让人想到电影《上甘岭》里的那首风行于大江南北的主题歌曲。其实，我要写的只是一条在广阔的中国版图里极为普通的河流，它静静地流淌，默默地陪伴，经年累月滋润着站立在它身边的村庄，以及这块土地上与水有关的每个辞章。这条河叫南渡河，是我家乡雷州半岛上最大的河流。在雷州，落下的每一片阳光，有一半都会洒在南渡河或与它支流所相依的土地上。

南渡河又名擎雷水，其发源于雷州半岛上的遂溪县坡仔，在雷州双溪口注入南海的雷州湾，全长88千米的干流，像一条巨龙盘踞在雷州半岛的中部，它以支流为爪子，在雷阳1444平方千米的大地上源源不息。雷州半岛是我国三大"雷区"之一，一年下来平均打雷的天数就有90天，"擎"乃向上托起之意，以一条河流之躯，擎受雷音、承接雨露，让百源归一，可见此河在当地人心中的分量。

村庄、河流、稻田、鸟鸣、蓝天、白云、台风、雷雨，是构成故乡记忆的几个元素。而这些似乎都离不开一条从村子边上走过的河流。南渡河若走过半生岁月的母亲，喋喋不休，却又异常温婉。从遂溪县坡仔到我家附近，尽管历经周折，迂回奔走 70 多千米，却是越走越开阔，越走越舒坦，以致有文章用"九曲回肠"一词来形容它时，我无论如何也无法将它与留存于我记忆深处的这条河流联系在一起。

一次偶然的机会，在水务部门工作的同学帮助下，我总算现场观看了南渡河三维立体全景卫星电子地图，于是对它才有了新的认识。一条南渡河，真有十八弯啊，河走到哪里，便也有说着雷州话的村庄建到哪里，这是一条说着雷州方言的河。

晨曦初起，阳光像一张大网一样撒开来。农人、村庄、河流、碧野、水牛和花花草草，悉数进入网中。南渡河两岸就是东洋、西洋的稻田，这里土地肥沃，水源充足，共有 22 万亩，被称为"半岛粮仓"。沃野跟随季节的步伐，更换着自己的背景色调，年年如是。到了秋天，东洋、西洋万顷云连，用黄色的基调装饰起自己的辽阔和丰硕。这里的每一块农田所灌溉的水都来自南渡河，稻穗的低头都是对这条河水的真诚谢意。

我们村子前的这段河宽有 100 多米，河水澄澈，岸苇横生，这是一个我童年最喜欢去的地方。放牛的时候，我会同时放牧几粒蒲公英；捞鱼的时候，我会同时让自己鱼翔浅底；打闹的时候，我们都可以成为一朵朵在绿色的大地上飘行的彩云。在这里，阳光的每一次出没，都携带足够的视线和能量，就算再轻盈的脚步声，都会引起虫鸟的共鸣，声落而鸟飞，声起而虫啼。

跟许多河流一样，南渡河的粼粼波光中同样闪烁着无数传说。祖辈常常同我们说起，旧时，就在我们下水游玩的不远处，有个爱唱"姑娘歌"（当地的一种对唱的剧种）的年轻女子死于河中，由于她阴魂不散，每天夜里都会浮出水面冤哭，唱出前半截："我娘死在麻演渡（南渡河上一个渡口），也无棺材也无墓。生在世上吃遍苦，死去无人给锄土。"附近的村民人心惶惶，曾有很多人尝试给她对上后半截，但她似乎都不满意，依旧夜夜如此。这事传到了一个叫黄清雅的才子耳里，他在一天夜里来到了南渡河边。在听到河面上那女子唱出上半截后，黄清雅和上："你娘死在麻演渡，水作棺材浪作墓。娘是龙身骨为贵，龙是归潭不归土。"想必是此歌让女子可以瞑目，河面上自此再也没有那凄凉的歌声了。虽然传说已画上了一个可以告慰逝者的句号，但一想到这女子的灵魂可能依然留在这条河里，我们在游玩时，仍然心有余悸，每次下水，亦是小心翼翼。

河流是行走的时间。它的本身似乎就与许多来自民间的传说故事有关。看似平静，却是隐藏着无数的悲欢。

南渡河历经几多曲折，才来到我们的村子边，但它的行走，有时我是从水面上水葫芦爬行的姿势中才看到的。当微风一次次抚慰金黄的稻穗，在我眼前掀起稻浪的时候，我都情不自禁地看看那条从远处走来的河流，它也用同样的手法，爱抚着这杂草丛生的河岸，轻描淡写，却已是意味深长。

一座轮渡

"南渡"一词始于北宋。北宋丞相丁谓在《重修威德王庙碑》首次提到"南渡"："州南七里有擎雷水，今曰'南渡'也。"南渡河为"南下者必渡之河"之意，想来它的名字也是由此得来。

据载，明代后期，南渡河的渡口有 16 座，到了清代中期还有约 10 座，现在只有安榄、溪头、南渡、渡仔四座渡口了。雷州半岛是古代海上丝绸之路的必经之地，历史上的南渡河埠头成群，到现在，在港口附近，还不时发现有汉代水波纹陶片。南渡河上的每一座津渡和港埠，自然都曾承载着历史的使命。徐闻为中国大陆，也是雷州半岛上最南的一个县，但对作为海上丝绸之路始发港的徐闻港所在位置，民间的争论依然无法平息，有人说，徐闻港就在这条南渡河上，因为现在的徐闻县也是当时雷州府的地界。

对于每一位曾经路过一个叫海康县（1994 年海康县撤县设市，改名雷州市）的人，想必都会记得一个叫南渡口的地方。这皆是因南渡口地处当时 207 国道必经之处的缘故吧。

南渡口的渡船分为载人渡和车船渡，这两点一线的奔忙，自古至今。在当时过往车辆不多的情况下，这儿尚能保证畅通。随着经济社会的发展，渡口自然不堪重负，最终车满为患，成为交通的梗阻。

从南渡河西岸过渡到达东岸后，再走上十多里路，就是雷州城。自汉元鼎六年（公元前 111 年）至清朝末年，雷州城大都为县、州、郡、道、府治，为雷州半岛的政治、经济、文化中心，素称"天南重地"。车辆、客贾的来往自然可以给当地带来商业的繁荣，但也让雷州城的居民常受堵车之苦。

1985 年，长 276.4 米、宽 12 米、高 12.5 米，共有九孔的南渡大桥动工建设，为南渡河上最长的桥，成为贯穿两岸的大动脉，使从大陆往海南更为便捷。这座桥的建成，曾让原海康县委、县政府背上了数年的骂名，认为路通了，雷州的财路也跟着改道了。但现在新路的两侧已成为了雷州经济发展的旺地，雷城的城区面积已经扩大了三倍，个个都说，那时的县领导远见卓识，令人钦佩，如果不是这条路、这座桥，现在的雷州城或许还猫在以前的一角，守抱着历史的遗存，难于获得新生啊！一个领导者眼界也可以引领一方土地发展的未来。

在南渡河的西边，有一村子叫南渡，一个村子拥有与一条河一样的名字，这是多大的荣耀啊，就像一座端坐在长江、黄河边上的村子叫长江村、黄河村，一座守在长城边上的村子叫长城村一样。中国的村落数不胜数，仅在南渡河边，想必也有近百座，但能获此殊荣的，却只有南渡村，如何不令人艳羡呢？

而今时过境迁，尽管渡口依然在通行着，以方便两岸村民往来，但早已没有了昔日的喧嚣和繁华。今年，我特意带小孩到了南渡口，向他们讲述这座渡口的前世今生。我发现孩子们最关心的只是走进渡口的小店买点自己喜欢吃的东西。来往的人实在太少了，我路过每家店门，都引来店主人一阵异常热情的招呼。

流水的走向，常常牵动着人的思想方向，南渡河边一座座渡口、码头，曾经筑起一个个梦想之所，但随着路桥交通的便利，它们更多的是成为一段记忆，或沧桑，或深邃。

世事的变幻，总是顺着历史的潮流而行。

一龙烟绕

"一龙烟绕"是古雷阳八景之一。1542年（明代嘉靖二十一年），巡抚都御史蔡经为防潮防汛，于雷州城东北修筑长约4千米的护城堤围。1596年（明代万历二十四年），雷州知府伍士希增筑堤坝，并种上了翠竹，绿荫葱茏，大堤气势更显磅礴，尤其是晨昏时节，烟雾朦胧，远远望去，恰似云雾绕住一条青龙，故得"炎邦跨海壮堤封，玄云缭绕宛犹龙"之赞誉。至清代康熙年，时任闽浙总督的乡贤陈瑸不忘家乡的农田常受台风海潮袭击，多次上书朝廷，奏请修筑海堤，于1716年（康熙五十五年），终获批准，陈瑸本人还将其节省下的薪俸捐出，以助工程圆竣。

现在所看到的南渡河大堤主体为1970年6月至1974年7月建设，时任海康县革委会副主任陈光保担任这一工程的总指挥。说起这段往事，曾经参与建设的父母亲似乎有一肚子的话。修建南渡河堤坝，那是雷州历史上何等雄伟的工程啊，那彻夜不灭的灯火，那挥洒如雨的汗滴，那此消彼长的呐喊，它沉淀着父母亲这一代人的共同记忆，只要提起，我感到那一盏盏灯在他们心中还是亮燃的，从不曾熄灭。

南渡河大堤的建成，在一定程度上缓解了流域内严重并普遍的春旱、秋旱等自然灾害，以及上游洪灾和中下游的洪涝灾害。但由于当时建设标准总体较低，下游村庄仍于1980年、1985年两次经受了严重的洪水灾害，大堤也遭受了冲击。1985年的那一次，由于上游洪水无法排泄，海水倒流，附近的多个村庄被淹没，我所在的村子由于位于相对高地，得以幸免。1987年起，南渡河大坝陆续多次加固和整治，防洪、抗洪能力大大增强，南渡河就此不但成为东洋、西洋20多万亩农田的灌溉基地，还担负起了雷城数十万人民的用水任务。

南渡河的闸口就建在大堤上，闸口两侧一边河水，一边是海水，两者近在咫尺，却已是不同味道。河水总是要入海的，只有海的广阔胸怀才足以装载它身体上曾经流动的忧伤、快乐。河道、河畔及出海口周边的环境治理越来越受到了重视，连片的2000多亩红海榄、秋茄、桐花树等红树林品种，相约筑起了一道"绿色长城"，既可保护水土，又给海洋生物和各种鸟类提供安乐之所。

每年春节回到故乡，我都会到南渡河大堤走走。在闸口的东侧，总有几只小渔船撒着网捕捉从南渡河淡水区排泄出来，由于无法适应海水，彷徨在闸口附近的淡水鱼。这里就是小有名气的渡仔船埠，自西汉时期起就是这一地区重要的外贸港口，商船远达东南亚等地，现在尽管已是风光不再，但仍是雷州重要的渔船码头。

下午1时，父亲的好友、当了40年渔民的林叔已在渡仔将渔船备好，等待着我们的到来。他说，要尽快出海，并在下午4时左右退潮前回来，否则就很难靠岸了。出海口的河道纵横交错，但林叔已是轻车熟路。每条河道的两侧，都长着树体不高，却活得清扬的红树林。这些红树林在海水托起的时光中，渐渐长成了我的亲人，它们不时从高处向路过的我们致意。

随着渔船向前开进，河道也愈加开阔，渐渐地，这里除了零散的几条渔船，只有天空、海面、红树林、飞鸟，以及躲在海水中的鱼虾了。携着海浪从远处奔来的海风，以及在海风中翔行的海鸟一次次纷扰着我们的视线。海鸟调皮地掠过船头，与我们对视着，尽管我们表现得如此欢欣，在它们的俯视下，似乎我们更像是一阵路过的海风，一批匆匆的过客，但我却真切地感受到了它们所表现出来的自由、舒畅和幸福。这是一种只有主人才表现出来的神采。

红树林站在长长的海岸线上，它们在观海、看云、听风。在红树林以及退潮后的海滩涂上，80多种候鸟将这里当成了自己的家园，它们成群结队，享受着一份自在。对于我们的路过，它们似乎已经司空见惯。远远看去，这些白色的精灵就像一朵朵白色的花，挂上一棵棵红树林，开放在平整的海岸线上。我们的船放慢了速度，它们居然集体齐刷刷地用好奇的眼光看了过来，直到相距十多米，才翅膀一张，飞了起来。林叔说，这些候鸟很多已在这里安了家，特别是近年来，大家的环境保护意识提高了，破坏红树林及捕捉海鸟的现象已基本消失，有时我们在船上干活，鸟甚至在几米开外的船身上打闹着，现在谁还舍得伤害它们呢。小时候，林叔就不少往我们家送来刚捕获的候鸟，他说话的时候，我感觉到他都是激动的。这样的话出自他的口，让我甚是感慨和欣慰。

坐在船头，我向远处看去，那真是海天一色的好景色，无限的苍穹与我们之间，只隔着几层薄云，以及几只海鸟。我向来处回望，发现南渡河出海口的两岸是多么像一条以红树林为肢干，冲向大海的绿色巨龙啊，与古雷阳的"一龙烟绕"相比，这样的景致更增添了蓬勃的活力和人文的关怀。

一个坐标

帕斯卡尔曾说过，河川是流动的道路，把我们带到要去的地方。南渡河也在牵引着一代代人的视线，但它更像是一座流动的坐标。

幼时，在农村的小学里，老师们都会这样地激励我们：好好读书，一定要考过南渡河。南渡河的东侧和西侧都是雷州的土地，但东侧不远就是雷州城，考过不了南渡河，就只能在镇里的初中读书，而过了南渡河，就意味着考入县里的重点学校，拥有一个可能更为明亮的前程了。以至于到了县城读书后，每次经过南渡口，我感觉自己是那么像一只等待横渡的小舟，面对水平如镜的河水，都犹如驰行于水打浪起之中，肩负重任而心生惶恐。

及至后来到了外地工作，我又被"不管你去哪捉鱼，都是回南渡河洗卡（当地一种捉鱼的工具）"这句话所警示，而时时不敢忘记故乡。是啊！再雄心勃勃的河水，也无法离开河床，离开那个任凭睡梦打滚的地方。著名散文家王剑冰先生曾在《绝版的周庄》一文中，将周庄的水比喻为周庄的床，让周庄得以沉实地睡在如水的床上，享受那柔软、那静幽。故乡的南渡河同样给我们这些身处异乡的游子提供一个沉实的牵挂，尽管生活中也会不时经历轻微的晃荡，但这一弯清水依然可以洗涤征尘。

在南渡河弯弯曲曲的河道上，见得最多的是水葫芦。水葫芦有一个很优雅的名字叫凤眼莲，它原产于南美洲亚马孙河流域，具有超强的繁殖能力。20世纪30年代，水葫芦作为生猪饲料被引入我国后，在南方的每一条河道上，一生二，二生三，三生亿万，虽然漂浮不定，却成了河道的主角，以致泛滥成灾。

少时，母亲常常从河道中捞起水葫芦，一袋袋地往家里拉，养大的猪又一头头地往猪商那里送，换成了支持我们读书的学费。从这一点来说，这些水葫芦也是有功的，只是包括南渡河在内的很多河流因为水葫芦肆意"侵占"，其他原生水生植物大大减少，甚至被消灭，水体的光线穿透力也大大降低，水底生物的生长受到了严重的影响。河道堵塞，水体滞流，船航受阻，各种污染源和对人体有害的微量元素不能及时有效清除，水的酸度便也大大增加，水生环境受到了严重的破坏。由于缺乏持续发展的理念，无规划的畜、禽、鱼养殖及河砂采集，以及各类生活垃圾的随意倾倒都让曾经清透的南渡河变成了一条受伤的河、悲痛的河。记得春节的时候，我曾同堂哥一起到南渡河边钓鱼，当他的钓钩一次次拉起彩色垃圾袋的时候，我的心，已是黯然神伤。令人欣慰的是，当地政府已对南渡河的治理引起了重视，金山银山不如绿水青山，希望这条受伤的河流由此获得新生。治河，这也算是一个地方发展的新坐标吧。

说真的，我对才来到中国不足百年的水葫芦还是非常佩服的，就为它的生命力和将他乡当故乡的情怀。对于这一点，我是无论如何也是做不到的。每次逢年过节，我们一家从外地回来，车子路过南渡大桥时，我都不忘提醒读小学的儿子，看看，这就是咱们雷州人的母亲河南渡河啊！听着听着，儿子似乎是有点不耐烦了："爸爸，你同我们不知说过多少次了。"这也真怪，我似乎一回到这条河的旁边，就变得唠叨起来。

到县城去，对于一些农村家庭已不是可望而不可即的事情，很多农村家庭为了小孩读书，都在县城买了房子，大家都想着到更远的地方去，而这个远方，已不限河之东、河之西、河之南或者河之北。一条撑开身子，铺行在雷州大地的河流，在我的心目中，不仅装载着瓦蓝的天色，更让我时时看到故乡，一个变化中的家园，这是一种铺天盖地的缭绕。

一条来自故乡的河流，无论大小，一旦成了一个坐标，只需一颗心，即可安放。

凤凰树下

南方的夏日，风总是那样的慵懒，浓浓的，被一股股热量黏稠着，似乎是动不了。因此，就算它再使劲，也吹不走天上轮廓分明的云彩，吹不走小区里藏匿于树叶底下那阵阵聒噪的蝉鸣，只是倒也怪，这样的习习微风，却将一棵棵凤凰树给吹红了，像火把一样在小区里猛烈地燃烧起来。触景生情，这个词语在此时使用自是再恰当不过了。从窗台一角映入的那满满一眼的嫣红，让我情不自禁地想着，远离深圳500千米之外的故乡雷州，一间曾叫梅田小学的校园，此时也该被凤凰花给染红了。

梅田小学是一座环境颇为优美的乡村学校，校园里种得最多长得最起劲的就是凤凰树了。一棵棵凤凰树，像约定好一样，参差地挤在校区的角角落落，停在树尖上纳凉透气、肆无忌惮的虫鸟们，总是与树下打闹的小学生搞着一场场大合唱，一年四季，季季如是。村里的老人常常笑着说，咱们村子里的一代代，都是在凤凰树下成长起来的。

凤凰树长于南方，是雷州半岛上最常见的风景树种，其名字源于

"叶如飞凰之羽，花若丹凤之冠"之意。据说，在民国时期，凤凰花曾是雷州所属的湛江市的市花，故而现在走进这里任何一家有些年份的大院和学校，都能看到植株高大、树冠横展、叶密遮阴的凤凰树，便也不足为怪了。

梅田小学的校门两侧很规整地建了两排教室，是 20 世纪 60 年代由上级政府拨款建设的。还有两排教室由村里的旧祠堂改建而成。祠堂里雕梁画栋，但内墙已经非常斑驳，挺像一个化了浓妆的女人，她的脸又刚好被一场急雨刷过一样，中梁高高的，整个空间显得很是阴冷。祠堂里祖宗的牌位早被清走了，但当年插香用的槽子还在，似乎学童们是在先辈的庇佑下攻读。校门两侧的教室是安排给高年级的，我的小学时光便是从祠堂教室开始。

那年我 7 岁，看着周围的小孩都上学去了，便也嚷着要读书。父亲当时在这所学校当民办教师，8 月份的某天，他把我带到了校长的跟前。凤凰花的纷繁与今天其实并无二致，在一棵红艳如火的凤凰树下，校长斜睨过来，笑着说："你的右手能摸到左耳朵，就让你报名了。"我原以为这是很容易的事，但试了几回，就是摸不着，急得眼泪快要流出来了。"想想办法啦。"校长的这句话似乎启发了我，我将手臂往额头上一靠，还真的摸着了。

一年级共有 30 多人，都是同村或邻村的，年龄却是参差不齐，有的同学 10 岁才读书，而有的在一年级都留几回级，被村里人讥笑是"年年当第一"（意为年年留级读一年级之意）。以至于有的同学小学毕业没几年就结婚生子，他的儿子又在差不多的年龄为他生下孙子，让他在 40 多岁的年龄就当上爷爷了，现在，有的同学的孙子与我儿子的年龄都几乎相仿，此为后话。

班主任李老师是女的，也是这一年从师范毕业分配过来，她的笑容像一朵花一样甜美，说起话来和风细雨，颇为亲切，现在想起她，总会想到"润物细无声"这一诗句，只是她的眼睛却有一股不怒自威的"杀气"，当看到班里出了什么乱子，她都是首先用眼睛招牌式地扫了几扫，这也怪，刚才还差点闹翻天的课堂霎时就安静下来了。一年级能从记忆深处打捞上来的事已不多。有一次，我们正在上课，突然从房梁上掉下了一只大蝙蝠，"咚"的一声刚好落在我的课桌上，教室一下子乱成一团。李老师对我们说，蝙蝠白天是辨不清方向的。有同学要用棒子打死它，被我极力阻止了，因我听说蝙蝠爱吃蚊子，而我们在这样的教室里上课就没有少被蚊子所叮咬。经李老师同意，我找来一张废纸，把这只从天而降的蝙蝠包起来送到了教室旁边的一棵凤凰树下。放学后，我还到树下转了一圈，蝙蝠所去无踪了。还有一回，一个邱姓同学一时失禁，把便便拉到了裤子里，其中有几坨屎还从他的裤管里滚到了地板上，班里霎时哄堂大笑，邱同学失声大哭起来。李老师让大家安静下来，同时问道："有哪位同学愿意帮忙打扫一下吗？"同学们面面相觑，默不作声。我堂哥阿光与我同班，他的学习成绩一般，平时还爱在课堂捣蛋，属于老师不太喜欢的一类，刚才也是他起哄得最凶的，但他居然主动跑到了外面，找来了稻草，把便便清了出去，让大家对他刮目相看。

凤凰花的花期是从每年4月开启，这是它与大自然的一项严肃的约定。在这个春意犹在、花意正浓的时节，我的二年级班主任邱老师正庄重地宣读着班里首批加入少先队的同学名单。一个个闪耀着光芒的名字，在他的嘴边打滑着，让我心跳持续加快。他最后一个念到我。我的祖母为此开眉笑脸，连说这是"龙鱼结尾"（家乡话意为好事的最后一个）。当时能入队的，不是成绩优异，就是在其他方面表现突出。我的学习成绩当属一般，就劳动课表现非常积极，因此才得到了一个入队名额。风儿洗过的凤凰花，真是格外精神啊。一周后，我们这一批新队员列队站在学校操场中央的主席台上。一片片红色的凤凰花瓣正从树枝上砸下，每一片都蕴含着无限的重量和激情。有个高年级的同学首先发言，他饱含深情地说："红领巾是五星红旗的一角，是烈士的鲜血染成的，你们一定要像爱护自己的眼睛一样爱护它！"在他给我戴上红领巾的瞬间，我感觉自己的血管膨胀得异常强烈，全身滚烫滚烫的。我一直在想，这么一条红领巾，那该有多少血才染得这么红啊！后来明白了，在红领巾的红和鲜血的红之间，只是多了一层象征意义罢了。

　　乡村的小学生活，无疑是自由和懒散的。父亲在教书之余仍需和母亲一起下田耕作，自然无力对我管教。一株株长于乡野中的狗尾草，像乡村的旗帜，它们每次在风中有力的摆动，都见证着一个乡村少年的一段童年。读二、三、四年级的几年，我下水捞鱼，上树捉鸟，无所不为，无所不欢。这有点像凤凰树上一朵朵绽放的花蕾，它们也是在彼此的对视中寻找快乐，时间慢悠，却无忧无虑。

　　与凤凰花相约出现在校园里的，还有一种叫"肥猪"的小动物（实为金龟子）。每天早上，它们总会趴在一棵棵凤凰树的根部。肥猪既可以用来玩耍，又可以烤着吃，哪位同学捉得多，自然更有满足感和成就感。因为是教师子弟的缘故，我与老师们自然混得熟悉，一个年轻点的陈老师笑着对我说："要捉肥猪，你早点过来嘛，我深夜4点多起床，宿舍门口到处都是，我还担心踩着它们，几乎是跨步过去的。"我将信将疑，但还是忍不住叮嘱母亲叫醒我。校园里一片漆黑，我摸黑走到了陈老师的宿舍前，扫了几个来回，最后，自然是一无所获。老师的话，在当时称得上"圣人之言"，当天上午，我气呼呼去找陈老师"兴师问罪"。看我傻乎乎的样子，陈老师笑着说："老师的话也不能迷信的嘛，凡事也要有自己的思考和判断，但大家都来捉，如果你早一点，不是有更多的机会吗？"这是我第一次上老师的"当"，但想想也是的，早起的鸟儿有虫吃。这句话我是几年后才读到的。

　　从学校到我们所在的南兴镇，大约有5千米的路程。出校门向左，是一条通往镇里的红泥路，由此走，有时可以冒险扒在行进中的手扶拖拉机后面，省点脚力。出校门往右，跨过一条大河沟，越过一片坟地，穿过几个村子，为近路，能少走1千米左右。对于课本，我似乎天生抗拒，但对连环画却情有独钟。只要口袋里有那么几毛钱，我都会偷偷往镇上跑，买回几本。镇里的新华书店，是我最爱去，也是当时走得最远的地方了。某天，老师们说第二天要外出开会，叮嘱我们留在课堂里自习，碰巧我也听说镇里新华书店新进了两集《三国演义》连环画，如此良机真乃天赐。早上6点刚过，我就起床洗漱吃过早餐，希望抄近路，在书店开门营业后买到新书赶回学校。这是一个雾气飘逸曼妙的清晨，大地似乎被袅袅的轻纱所笼罩着，走到那片坟地时，我发现眼光只能锁定在几米之内了。向前，找不到去路，回头，找不到方向。看着一座座冷冰冰的墓堆，在如此的荒郊野地，我突然恐惧起来，担心民间传说中的"鬼"真的会从坟墓中钻出来。好在10多分钟后，似乎听到远处有人在说话，原来是两名中年人也从这条路步行去镇里。看着我腹热心煎的样子，他们都哈哈大笑起来。像我这种无视安全、不遵守纪律的行动，自然没有少被大人责骂。有时看我抵赖，祖父、祖母便指着我的脚说："看看你脚板上的红土，就知道你到哪里了！"慢慢地，我便也有了经验，每次从镇里回来，都会先到村子前面的池塘里，把脚洗得干净点再回去。我现在还留有那个年代的小人书400多册，有朋友对我说，这都属于稀罕货了。

对于我的逃课，自然也少不了老师的惩罚。有一回，语文老师将我锁在他的宿舍里，罚我抄写400字的课文五遍。这一任务不轻，待我抄到一半，尿急了，但老师却不知哪去了，我想着从窗口撒出去，但又担心被人看到难为情，情急之下，便躲到老师的床底下，撒了一泡，好在当时老师宿舍的地板是黏土压成的，故而他没有发现，否则后果应该非常严重。在我的伙伴中，爱玩爱闹爱搞事的也挺多的。有三个年纪大点的同学，还假冒流浪儿童，穿着破衣服，背着麻袋，到附近村庄去当乞丐。他们用乞讨回来的米,兑换饼或者肠粉吃。这些美食,他们大多与同窗好友们分享。只是他们干的"好事"很快就东窗事发,被邻村人直接揪送回学校,他们三人列队站在教室门口的那棵凤凰树下,家长被一一传了过来,那后果,不说也可想而知了。

凤凰树每一季的花开花落,都意味着一个学年的结束。几年的光阴,树变老,我们也在长大。对于我闲散的学习态度,我的祖父颇为着急。有好几次,我偷听到他私下严厉地对父亲说,你生的儿子,你要负责教育好,别让他学坏了。这说起也怪,到了临近小学毕业那一年,我们几个熊孩子像变了个人似的,爱上读书了。祖父对于我的转变异常诧异,但却又发自肺腑的开心,连声道:"沙牛仔(农村多指调皮学生)好好努力,要争取跨过南渡河(我们村子在雷州的母亲河南渡河的西边,东边就是县城,意为考上县城的学校)!"晚上自修时间,在一棵棵凤凰树下,一盏盏油灯照亮凤凰树的脸,也照亮了我们的脸。那一年少了打闹,却多了谧思,时光是那样的恬静而清爽。有时上课时,无意中与窗外的凤凰树对视,我突然感到凤凰树的举止,是那样的像我的祖父,像我的祖母,像我的亲人,他们都在旁边时时注视着我,不断给我力量。

小学毕业那一年的语文老师兼班主任是游沛老师,他年近五十,高高瘦瘦,教学严谨认真,是我一直铭记和应该感恩的人。他常指着窗前的凤凰树说,一树的花,百种人生,但哪怕一朵不起眼的花蕾,只要能恪守花期,就有激情打开的时刻。游沛老师是我们邻村东市村人,他家里有一座月饼小作坊,像我这种在他看来变得上进的学生,自然没有少吃到他奖励的月饼,那香甜的味道令我至今回味。游老师喜欢喝点小酒,我也想着,将来有一天自己出息了,一定给他买几瓶酒,孝敬他。只是在我读高二的那一年,便得到他病逝的消息,我为此非常难过。他始终没有喝过我买给他的酒。这令我每次回家经过学校时,总有浓烈的惆怅和挥之不去的伤怀。

一段段记录于凤凰树下的童年和小学时光就是这样远离我们而去了，而且一去已是 30 多年。梅田小学因行政区重新划分已搬到他处，原来的梅田小学校址已改名善排小学，但一些人和事，却依然记忆犹新。这很像那一棵棵火把一样的凤凰树，就是不在花期，只要你想到它，眼前闪现的总是那铺天盖地的红，每一朵花都是出奇的红艳。

故乡的石狗

　　一提起兵马俑，很多人会迅速给出答案，知道啊，西安秦始皇兵马俑嘛，世界考古史上最伟大的发现之一、世界第八大奇迹。1974 年 3 月 11 日，举世闻名的兵马俑在秦陵陪葬坑中被发掘，这座埋于地下 2200 多年的世界最大地下军事博物馆再见天日，于 1987 年被联合国教科文组织列入《世界遗产名录》。秦始皇兵马俑成为古都西安的名片，也是到访中国的外宾最想去的地方之一。

　　其实，当年就在兵马俑入土成阵之时，在远离西安 2000 多千米的南方荒蛮之地雷州半岛上，这里的先民们也手握简单的工具，用当地最常见的玄武岩雕刻着一种狗形状的图腾，希望借助超自然力，庇佑族群，繁衍生息。雷州是我的故乡，素称"天南重地"。早在四五千年以前的新石器时代，这里就有了人类的踪迹。秦汉时期，以雷州半岛徐闻港、北部湾合浦港等港口为起点的海上丝绸之路成就了世界性的贸易网络。雷州城，这座自汉元鼎六年以来的 2000 多年大都为县、州、郡、道、府治的城镇，于 1994 年成为广东省唯一一个县级的"国家历史文化名城"，如此看来便也不足为奇了。古雷州是古越族俚、獠、偃、僮、苗、黎人聚居之地，对动物图腾的顶礼膜拜可谓源远流长，俚人尊狸，僮、苗人敬猫，偃人先崇盘瓠后崇犬。在雷州特殊的自然条件与多样的社会民族民俗文化的影响下，随着族群的杂居相处与融合，狗逐步成为公认的图腾。石狗融民间崇拜和艺术创作于一体，是雷州大地上最为让人熟知的人文景观，列入第二批国家级非物质文化遗产名录，被誉为"南方的兵马俑"。到雷州看"兵马俑"，这也成为游人墨客们探访这座历史文化名城的一大理由。

玄武岩是常见的石材，为当年农村建房的重要材料，现在大多用于修整公路、铁路、机场跑道等。随地取材的玄武岩，只需一把锤一把凿，就可蜕变得有了魂魄和灵性。或许这就是雷州石狗得以大量雕制于民间的一个重要原因吧。

从我记事起，石狗就是我所在的村子里除了土地神以外，能够持续留存于我记忆深处的图腾了，现在只要提起这个话题，老人们总会清晰地说起，在村子的某个地方，有一个怎样的石狗。据资料记述，雷州存有石狗 1.5 万至 2.5 万只。它们千姿百态，形象各异，面部表情丰富，栩栩如生，或朴拙粗犷或雄健典雅，或大或小，或蹲或立，或似文官或像武将，散布于河口码头，田间村头，门前屋后，屋顶飘梁，甚至在一些墓前庙侧。石狗神情外态的差异性其实源于供奉者愿望企求的不同。如为驱魔镇邪而供奉的石狗，大多豹眼圆睁，杀气腾腾，狰厉恶狠，凶神恶煞，甚至脚踏雷鼓、乌蛇、印信等，以示威武、正义，这与昔日雷州生活环境恶劣，自然灾害较多无不关系，人们希望借此威慑邪恶，消除恐惧，这类石狗大多供奉于码头、村口或者传说有鬼怪出没的地方。而一些文相石狗则一般为坐式，面容和善，座沿或脚下大多雕有石鼓、铜钱、龟等，被当成财神、福神、送子神供奉。数以万计的"灵物"，肩负着共同使命，如此数千年来，与这块土地及土地上生活的一代代人相守相望，相依相存，这也当为世界奇观了。

我们的邻村就有一座神庙，殿座上供奉着一只面相颇为慈祥的石狗，庙宇虽然规模不大，只有一进小房，但香火颇是兴旺，连屋檐都被香火熏得发黑。庙宇上的楹联上写着：保此方风调雨顺，佑斯地物阜民康，横额为"地保天佑"。石狗是这一带的保护神，相当于土地公，每逢农历的初一、十五，每家每户都会过来祈福求运，如果心愿已达，还要过来还福。在殿座下面，可以看到一排小石狗，这些石狗被称为石狗子、石狗孙，也诏示着村子人丁兴旺。在我很小的时候，就曾跟着祖母来这里拜过几回。跪拜时每个人都非常虔诚，口中低声诉说着祈愿，在明明灭灭的香火中，可以让人真实地感受唇语的传意，而每一柱燃起的香烛，都足以牵引世人灵魂的去向，而且年年如是。所有的石头都在用棱角和纹条来表达个性的，但欲要石头变得有灵魂，则要工匠的点化。一块再普通的玄武岩，一旦脱变为石狗，它便有了灵性，被赋予神灵的力量，成为人们膜拜的对象，想来，这还是人的力量，人乃万物之灵，可以让石头说话，可以让山水含情，而这对石头的崇拜，倒了过来，不也是对人的崇拜吗？想想也是挺有意思的。

雷祖祠是为了纪念唐代雷州首任刺史陈文玉所兴建的一座祠堂，始建于唐贞观十六年，陈文玉被尊为雷祖。雷祖祠依山傍水而建，祠前绿水明漪，祠后高山拥翠，风景秀丽，古称"雷岗耸异"，列为雷州八景之一。1996年11月20日，被国务院公布为第四批全国重点文物保护单位。关于雷祖的诞生，《雷祖志》里还有一段与狗相关的故事，书中记载：

> 业捕猎，养有九耳异犬，耳有灵机。每出猎，皆卜诸犬之耳。一耳动则获一兽，二耳动则获二兽。获兽多寡，与耳动之数相应，不少爽焉。至陈朝太建二年辛卯九月初一日出猎，而犬之九耳俱动。陈氏喜曰：今必大获矣，鸠其邻十余人，共随犬往。至州北五里东，

地名乌仑山，有丛棘密绕，犬自晨吠至日昃，无一兽出。猎人奇之，伐木而视。大挖地开，获一大卵，围有尺余，壳色青碧，众俱不知为何物。陈氏抱而归家。次早，乌云忽作，风雨雷电交至。陈氏大恐，置卵于庭，盛以小桌。遂为霹雳所开，内出男子，两手有文，左曰"雷"，右曰"州'"，陈氏将男子与卵壳禀明州官，官收卵壳寄库，男子交还陈氏养育，名曰文玉。

狗被视为图腾与被奉为雷神的陈文玉诞降两者时间相差 2000 余年。通过一个神话传说却将两者关联了起来，一则让陈文玉的入仕为官及后面的封神有了更多的正当性，同时也使狗"呈祥灵物"得到进一步的神化，可谓一举两得。

其实，关于石狗的传说，自小就在耳畔流传，有一个至今还记忆犹新。说的是一个名为勾鼻三的恶人，他为非作歹，横行乡里。众人皆憎恨他，但又敢怒不敢言。都说石狗能报凶吉，但勾鼻三却不以为然。一天，他偷了一只鸡，将鸡血涂在大石狗眼窝里。第二天，人们见石狗眼里淌出血来，皆为大惊，说道："近来必将有血火之灾降临。"于是纷纷收拾行囊，外出躲避。勾鼻三与同伙们掩嘴窃笑。待村里人走光之后，肆意闯家荡户，翻箱倒柜，搜查值钱的东西据为己有，然后宰鸡喝酒，直至酩酊大醉。深夜，一股倭寇乘船而至，杀至村里，却发现村里已空无一人，只捉到勾鼻三这几个喝得烂醉的家伙。为了祛除出师不利的晦气，便将勾鼻三他们杀了祭旗。恶人已除，天下太平。这样一段传奇表达了恶人有恶报的道理，也渲染了石狗带来的吉祥。一个个流传在民间的传说，如同撒在土地上的种子，一代代顺着时光萌芽开花，芬芳了山间的春秋，装点了贫瘠的土地，从我奶奶那里传到了我父亲和我，又从我的嘴传给了儿子，却依然生动有趣，可见传承的力量是无穷的。民间故事的神奇之处在于，它也是另一柱烛火，一旦点亮，便很难吹灭了，因为它是亮在心里的。

"西湖拥翠"是雷州的另一著名景观。此西湖虽说不及杭州的苏堤柳烟，却也有一番动人的韵致。西湖原名罗湖，因贬往琼州的宋代大学士苏东坡与在雷州为官的胞弟苏辙曾泛舟湖上，欣赏这里堤岸簇柳的美景，敬贤如师的雷州人遂将罗湖改名西湖。2005年，占地6180平方米，建筑面积11680平方米的雷州博物馆新馆就坐落西湖之畔，并成为雷州文化地标，其无论规模还是影响力都居粤西地区县级博物馆之首。中国最大的石狗陈列室就位于雷州博物馆的一楼。这里也成为从全市各地搜集而来的1000多只石狗的新家。

农历戊戌年清明假期的最后一天，我又一次走进这座在国内学术界享有相当影响力的展览馆。今天来人还真不少，有的说着雷州话，向小孩解说着；也有一些人听口音，就可以断定是慕名而来的外地游客。陈列室是敞开式的，大大小小的石狗形态各异，但都灵性十足。每次走近这些"灵石"，我都不由得放慢脚步。陈列室的石狗大者高1.3米，重约800千克，小者仅高10厘米，重约0.5千克。唐宋元明时间，大量的中原汉族和福建一带族群迁居雷州，带来了"石敢当""敕石敢当"和八卦等镇邪符法，这些文化与石狗图腾相结合，使石狗从部落图腾向呈祥报喜、守护神灵的司仪宠物演变。石狗的制作工艺也呈多样化，不但有阴刻、浮雕、透雕，还采用了夸张、写真、会意、拟人、抽象等手法。不同时期的石狗具有明显的时代特征，在这里可以看到尾部刻有长江流域楚文化特征凤尾纹的石狗，感知当年多种文明的交合；可以看到头部圆阔，眼窝深陷，眼珠突出，挂有垂铛，注入狮子特征的石狗，狮子为佛教文化圣物，由此说明了海上丝绸之路所带动的经济文化交流以及佛教对本地土生的石狗造型的影响；甚至可以看到留有清代长辫子的石狗，令人看后趣味横生。在最显眼的位置，端坐着"石狗王"，其后面写道：王此大邦克顺克比。此语出自《诗经》，意为"统领如此泱泱大国，万民亲附百姓顺从"。"石狗王"体魄健壮，阳具夸张，硕大无比。据馆内工作人员介绍，"石狗王"雕刻于明代，出土于雷州市覃斗镇一个村子的芒果园中。

这里面还有一段"趣事"，说是的几个博物馆的工作人员试图将其从芒果园中抬出来，送往市博物馆，但绳子屡屡脱落，村子里老人将他们拉到一边，严肃地对他们说，这只石狗是典型的"送子石狗"，你们要先禀告它，本次是进城去，那里有好吃好住，还有很多时髦漂亮的姑娘。众人一试，果然见效，几乎不费吹灰之力，就将其送进城来。"石狗王"的案前虽然不能烧香点烛，但仍可以看到有人自觉供奉一些零钱，并嘴里念念有词。这也是生殖崇拜的强烈反映。在农村，一些渴望生儿育女的妇女或抱孙心切的老人，会选择初一、十五向这类石狗烧香求拜，在如愿后，又过来认石狗为父，把小孩称为尼狗、狗仔、狗生，为小孩制作特别的"狗仔帽""狗弄衫"，以示疼爱。狗的生殖能力在动物界里是比较强的，可见这也是得到古人认同的。只是有个问题我一直百思不得其解，既然雷州人如此敬仰石狗，为什么从来就没看到一只石狗是由名贵石材刻制呢？

博物馆里馆藏的石狗外形普遍风化侵蚀严重，足见历经风霜，但在与它们的对视中，却依然可感知它们当年的风采。每一只石狗都站成了时代的碑记，用年轮记录岁月流转，用斑驳痕迹展示沧海桑田。它似乎在告诉我们以及未来的时光，它的心里睡着一个灵魂。作为一个参谒者，我似乎每次与石狗朴质的眸光对接，仿佛都可以实现一次穿越亘古的隔世交流，那些语言，我懂，石狗也会懂。只是看着这些曾经享受八方膜拜，并赐福于百姓的"神物"，因为场地所限，有的仍不得不继续置身于日晒雨淋中，这颇似人间世事，令人感怀。

近年来，政府的大规模集中搜集，以及社会对石狗文化的关注，也引起了民间的反弹。今年春节回家，就听堂哥说到，村里一只供奉了400

多年的石狗前些天突然失踪，估计是被人偷走卖钱去了。还有一些人看这是一门生意，便找来石块雕刻，先是用火烧过，再丢进河沟中泡上个把月，最后把仿旧物卖出。相对于其他艺术品而言，原本就是普通石头刻制而成的石狗还是较易仿造的。

石狗源于乡野，造于乡野，存于乡野，生于乡野，旺于乡野，它没有庙堂官府门前石狮的威风、尊贵，但却依然可以将狗固有的平朴、忠诚、侠勇的精神在绵远的光阴中世代演绎，这与故乡人的性格颇为相近，宽厚却不乏豪爽，忠诚却不乏坚韧。相对于坚守岁月的它们而言，无论是如我辈一样的当地人，还是慕名而来的游人，都只是这块土地上的匆匆过客，多年之后，雪泥鸿爪，难觅其踪。

祖母

又到了烟雨绵绵的清明时节，总有一个人让我非常强烈的思念着。祖母去世近 20 年了，音容笑貌，恍惚经年，宛若昨天，还是那么慈祥那么淡然。

祖母 1922 年出生于海康县袁新村。据说当时嫁给我爷爷时是没有名字的，大家都叫她袁新村嫂、袁新村婶、袁新村姆。渐渐地，祖母开始老去，晚辈便直接称她为村姆。祖母有自己的名字，是我们村 1950 年土改那年。当时村里一大批妇女没有名字，为便于分田登记，村干部要求每个没有名字的妇女都要起个名字。

就这样，那一年村里一下子就多了好多带有"爱"字的名字，如爱国、爱华、爱花、爱兰、爱玉。祖母也不例外，她给自己起了"爱文"这个名字，也许老人家希望自己的子孙多少有点文化吧。因为祖母没上过一天学，也不识字。不过，即便祖母后来有了自己的名字，我也从来没有听人叫过。

祖母个子小小的，听老一辈的乡亲说，当年在生产队里，她干的主要是割草喂牛这一类工作，但也是一把好手。那时，人们看到肥肥壮壮的水牛，就猜出那肯定是祖母喂养的。

20世纪70年代，我和弟弟、妹妹陆续出生。那时，父母起早摸黑忙于生产队的农活，我们兄妹从小便由祖母看管。祖母的房间成为我们儿时的开心乐园，尤其是冬天，祖母的被窝是最暖和的，谁离她最近，谁就是当天最幸福的人。祖母会唱很多童谣，会讲很多故事，我现在还能熟记的好多雷州歌谣，都是当时从祖母那里学到的。

南方的夏天挺长，我们家里的平楼顶便成为夜里纳凉的好去处。夜深后的雾气很大，第二天早上，楼顶已湿漉漉的一片。但在每个小孩入睡后，他的身边总会打开一把大雨伞，这些都是祖母半夜起来为我们打开的。从我有记忆开始，祖母便是呵护我们成长的保护伞。

在80年代初，我们家里开了一间杂货店。祖母说，不管能否赚钱，起码可以让自己的孙子不饿肚子。杂货店里卖甘蔗、水果、糖果什么的，有的邻居小孩确实没有钱购买，她也总会免费砍上一小段、递上一小片、送上一两颗好吃的，这些至今都让人记得。

记得有一次，当时只有祖母一人在家看店，店里来了两个走亲戚模样的人，一下子就在店里买了十多块钱的东西，这在当时也算是一笔不小的买卖了。母亲回来后，祖母高兴地同母亲说起这事，但母亲拿来那钱一看，傻眼了，这两张十元币都是假币啊！祖母当天就气得连晚饭都不想吃了，坐在一边不断地自责。有邻居出主意说，这钱拿到镇里也准能用掉。祖母叫来了父亲说，这钱已让咱们如此伤心，怎么可能再让它去伤害别人呢？这两张假币便也一直由父亲收存，因为它见证了一个农村妇女堂堂正正做人的良心。

13岁那年，我从农村小学考上了离家约10千米路的县城中学读书。但每逢家里有什么好吃的东西，父亲总会用一个盒子装好，给我带点过来解解馋。父亲笑着说，这是祖母特别交代的，她让你好好读书。祖母曾经教我雷州童谣"侬啊，放眼利利看书册，个字都桥九邱田"（意为"小朋友啊，好好读书，一个字都值九亩田"）。这种望子成龙的期待虽然令人倍感压力，但更会给人以力量。临高考前的一天晚上，父亲又从农村带来了一小瓶水。父亲说，这可是祖母从土地神公那里求来的神丹法水，她叮嘱你一定要喝下，喝下后，神公可保佑必定高中。其实我对这些并不相信，但那天我还是全部喝光了那瓶"神水"。高考结束后回到家中，我才知道，祖母因病已卧床一周多了。她笑着说："这些天身体确实很不舒服，但那天去向神公求点神水给你，感觉脚下就像生风一样，一点都不累，真的好奇怪哦。"听完，我的眼泪禁不止夺眶而出。

大学毕业后，我到了深圳工作，弟弟和妹妹也先后到了这个远离故乡的城市，我们与祖母一起的日子更少了。那时，祖母的背已有点驼了，耳朵开始背了。每次回家，她都用那满是老茧的手拉着我问长问短，当然，作为家中的长孙，她最关心的还是我什么时候娶媳妇。她总说，你看我们村里与你同龄的那几个人，个个都有小孩了，你可要抓紧，让我也抱抱曾孙啊！她的眼光中总是那样地热切，以至于每次见到她，我最怕的就是她问起此事，我都会骗她说，在城里，大家都是先有事业再成家的，35岁前很少结婚的。这其实是一种借口，祖母没在城里住过一天，但我说的她都深信不疑。1998年1月，祖母因病去世。当时，我尚未成家，这成了我终生遗憾。

自从母亲嫁到我们家，祖母和母亲就住了一起，祖母得病后，都是母亲一手照顾，说她们感情亲若母女并不为过。她们之间也曾有争吵，但最终还是相安无事。小时候，每当家里有好吃的东西，如果母亲还在外面干活，祖母总会拿个碗，给母亲留下一份，并对我们说，你们妈妈很辛苦，好吃的东西要留下最好的那块给她，她身体好，咱们的家就好。其实，这种话也是母亲经常说的，她常说，奶奶的牙不好，最软最好吃的要给她，她的健康就是我们的幸福。祖母去世后，每逢忌日或者清明节，母亲总是一边烧纸钱，一边流泪，一边说着什么。这么多年过去了，年年如是，感人至深。

世间或许并无另个世界，但在过去的 20 年间，我心里却总徘徊着一个熟悉的身影，她无言地给我看路、引路、指路，在我得意的时候，教我勿忘初心；在我遇到困难的时候，予我力量；在别人需要雪中送炭的时候，我们更是必伸援手。有老一辈的说，我们兄妹几个的身上都有祖母的影子，这令我感到非常欣慰。

清明节将至，总有一种牵挂令人泪流满脸。

关于祖父的记忆

　　祖父留给我的记忆都是碎片化的。从我懂事的那天起，就没有完整地看过他一面。他离开时，没有留下一张相片，也没有留下一片文字。我的记忆常常被他扣在脸上的一块厚厚的医药棉布所遮掩，以致我只能从他躲在棉布后面的笑容来一点点地打捞出那个藏在我记忆深处的他。他曾经离我那么近，但身影却又是如此恍惚，三十多载，那双眼神一直闪现着，让我感觉他并没有走远。

　　祖父孙芝儒，字庆宏，生于 1912 年，家有兄弟四人，他排名老四，故村子晚辈都叫他四公。记忆中的祖父身兼两职，一是剃头匠，一是生产队开荒地管理员。剃头匠的活是业余的，收费自然也很随意。小孩剪头免费，大人剪头包年 7.5 千克谷子，不限次数，谷子一年一收。但如碰上某个乡邻有困难，那谷子减半或全免也是常有之事。这样一来，祖父总会担心人家再也不好意思找他剃头了，他总会宽慰别人说，到我需要你帮忙的时候，你就搭把手帮我，抵上剃头钱好了。他常说，邻里乡亲，大家都不宽裕，能给就给，给不了也没事，手头活，不辛苦。祖父剪头像绣花一样，时时处处刻意求工，这让幼时耐性不足的我，吃了不少苦头，每次剃头一回，都似唐僧师徒取经路上所遭遇的折磨一般。

祖父是生产队开荒场地的常驻代表，负责看管生产队留在开荒地的锄头铁锤农作物等。对于这份工作，他是乐此不疲的，一干就是 10 多个年头。当时的开荒地实为荒山野岭，方圆十里难见几户人家。之前队里曾派去几拨人，但都因耐不住寂寞，或听怕了夜深时那声声凄厉的鸟鸣狐叫，便都打了退堂鼓。据说，祖父当年练过武术，身强力壮，人又勤劳且无私，自然便成了最好的人选。开荒地里种的尽是能吃的瓜果、薯物，但他从来不私自带回一丁一点，即使在最困难的那些年头，也是如此。每当父亲跟我聊起这一段，脸上总是洋溢着自豪。万物如流水，无谓不朽，唯有精神长存，令后辈如此铭记而津津乐道。

练过武术的祖父究竟功力如何了得，村里没人见识过。小学时，祖父看我们几个小孩因迷上一部叫《霍元甲》的电视剧而爱上武术，有一次特地让我们排成一行，教我们蹲马步，看我们时间一长，就松松垮垮的，他便笑着说，练武要有耐力，能吃苦，吃得苦中苦，方为人上人。那也是仅此一回，但这段往事却令我记忆犹新，这是祖父在教育我们，如何才能做好一件事情。在小时，听祖父说得最多的话，便是"好好读书"。作为一个农民，他的理念影响着我的父亲。"文革"时，红卫兵要将一个地主家庭的许多好书烧掉，祖父偷偷保存下来一些，其中有几本还是古医书，至今已非常珍贵。

祖父高约一米八，老一辈说，他年轻时长相英俊。只是天有不测风云，在 70 年代初，他因为鼻翼处长的一个黑痣发炎。这期间，他也曾到湛江市人民医院进行手术切除，而他又舍不得花钱做深度治疗，手术后再也不愿意去做割皮移植手术，只是常在鼻子上用一块棉布遮掩着。由此影响了祖父人生的最后 10 多年。生产队的开荒地他自然就不去了。看着祖母愁眉紧锁的样子，他故作轻松，说道："不碍事，就是难看点嘛。"

他则常常一个人躲在那间小屋里，自己给伤口消炎，这其中的创巨痛深，旁人难以感受。尽管如此，剃头的工作，还是伴随他的一生。

在我的记忆中，我们家在 1982 年是有机会拍合影的。那天有镇里照相馆人员下乡，爸爸便也想让我们照一张全家福，祖父的座位留下了，只是最后，他或许觉得鼻子贴着棉布，不忍心让孙子辈在他百年后再看到这个形象，便不肯参加了。这给我留下了莫大的遗憾。

我们家是 1979 年在新宅地建新房的，属于村里首批，当时都盛传是祖上给我们留下银圆，我们家才有此财力。每次说起此事，母亲都会笑着说，这一角一分都是你祖父带着我们辛苦攒下来的，哪有天上掉馅饼的好事呢？故乡的阳光一如往日，乡村还是那样的清纯，老家当年的新房子已成为老屋。这是祖父的灵魂之所，为建设这么一套住房，他耗去一个甲子。母亲的话，是对一个老人勤俭一生的感激和赞许。

我小时候是挺馋且极其调皮的。家里的老母鸡难得生下几个鸡蛋，祖父原计划是用于孵小鸡的，但不定哪一天，我就会带着弟弟、妹妹给煎着吃了。如此蓄意打乱他的计划，我自然没有少被"批斗"。那时我也很喜欢看连环画，从三年级开始，只要长辈给上几毛钱，我都会一人跑到 10 多千米外的镇里买连环画。每次祖父找不到我，就会"审问"我。如此一来，我便也有了经验，从镇里回来后，都会在外面的水沟边先将脚和凉鞋上的红土洗一洗。只是，这也同样逃不过祖父的火眼金睛。我有好几次听到他跟我父亲说，小孩喜欢看书是好事，但一个人这样乱跑，怎么行呢？他实为担心我的安全。因此，每次父亲或家人外出，祖父总会叮嘱他们给我买几本连环画。

我是在镇里参加的小升中考试。记得那天，祖父特别拿了两个鸡蛋给我母亲，让母亲和着面给我吃了，说两个鸡蛋再加上一支笔，那是要考 100 分的。其实，这也只是祖父的愿望，因为我在他的印象中一直是个顽皮贪玩的小孩，自然也不会考到什么好的成绩。只是那一次我却让祖父意外了，还真的考上了县里的重点中学。当年，一个镇能考得上县中学的，也就几个人。当我母亲将这一消息告诉祖父时，他表现得异常高兴，连说，想不到沙牛仔（我们家乡对顽皮小孩的称呼）还真行哦。他私下奖励了我 10 块钱，让我去买书。

祖父是 1985 年春节期间去世的。那一天，天下着雨，正在外面忙于农活的父亲赶回来时，祖父已经走了。记得，在祖屋的中堂，祖父尚未入殓，我和弟弟、妹妹长跪在他的遗体前。祖母说，你们几个都从祖父的遗体上跨过吧！这样往后遇到什么危险和困难，他就会助你们逢凶化吉。这是我们那边的风俗。祖母眼里噙着眼泪，嘴里念叨着什么。说来也怪，以前我们在夜里都挺怕黑的，打从那天起，便再也不怕了，直至成人后，在工作、学习、生活中遇到困难挫折，便似乎感觉到，总有一双眼睛在天国那边注视着我们，鼓励着我们砥砺前行。这也许就是祖父赐予的力量吧！

春节期间遇上丧事，在我们老家还是需避讳的。父亲是独丁，但祖父的丧事却办得很顺妥，这都多亏村里同族长辈、兄弟的帮忙，那几天村里能来的都来了，有的乡亲原本还正忙着搬新房、接女婿这等喜事的。这也是对一个善良老人的最后敬意。

祖父出殡那天，雨下得颇大，祖父是带着风雨走的。

我们跪立着，雨中有泪，倾盆而至。

想起看雷剧的时光

农历三月三，是村里庙神的诞辰日，此时的乡村，又到了演年例戏，唱雷剧的时间。在我的记忆里，一个乡村少年的快乐童年，都是由这样热闹的时光，一串又一串地连接起来的。

三月的南方草长莺飞，春意涂抹着乡村的田间山野，呈现一派裁红点翠的景致。神庙前的戏台正在搭建中，妇女们忙着指挥自家的孩子在舞台前占个好位置。年例戏一演都是 10 天以上，有的人带来了草席、凳子，有的人甚至把家里的硬板床都搬了过来。于是抢占位置的争吵常常在戏台前提前上演，只是大家都是乡里乡亲，最后大多便也相安无事。

一年一度的年例戏，是乡邻们重要的情感交流平台。年轻人大多喜欢看专业剧团的表演，因为这样可以看到符玉莲、黄华文，甚至林奋等雷剧明星大腕的身影，而老人们更喜欢观看演出时间长一点的民间业余戏班的演出。业余戏班的演出大多在深夜 1 点后才结束，老人们认为，这样花钱看戏才过瘾。在冗长的夜晚，习惯了乡村平静生活的老人们，此时更喜欢将热闹的光景拉长点。最后，一般都会彼此妥协，专业班和业余班的演出各占一半的场次。

20世纪80年代的乡村之间，可以比拼的东西不算太多，哪个村贫穷，哪个村富裕，从雷剧戏班的演出时间长短可见一斑。那时经常听说，谁家做什么生意赚了钱，谁家的儿子考取大学有出息了，或者谁家有什么喜事，如此一来，都会烧一头大肥猪，自掏腰包给庙神加演几场雷剧。这些都是以庙神的名义组织的，没有谁见到庙神尝过肉香皮脆的烧猪肉，不过，戏台就搭在庙前，庙神是否也在与自己的子民同乐看戏，就不得而知了。

演雷剧的时光，也是村里的大哥哥、大姐姐们荷尔蒙上涨的时间，约上心仪的人儿前来看戏便成为约会的最好理由。对于我这样一个小学生，在如此热闹的日子，我最喜欢的则是在晚上逛逛戏台旁边的美食，其中就有我最爱吃的油炸饭，米饭里加了虾仁或其他香料，在抹过米羹后，放进滚热的豆油中炸过，又香又脆，那热烫烫的味道令人至今难忘。那时剧团里的演员就是我们心目中的娱乐明星，有年长的同学带着我们到演员吃饭的地方套近乎。感觉这些卸了妆的俊男靓女，一颦一笑都是那样地气质非凡，他们是我所认识的第一批城里人了。

其实，雷剧里上演的故事都是大家熟知的，有《李三娘》《陈世美》《斩周忠》等，可那些上年纪的老人就是百看不厌。对于我们这些不懂事的孩子来说，无非就是趁人多赶个热闹，至于哪部戏演得更好，更有味道，也是不懂的。我一个女同学，看见戏中有好人被官兵追杀，从戏台的左边出场，溜下戏台，躲过了官兵后，不一会又出现在戏台上，她不明白这样是在表现剧中角色逃命的情节，一直郁闷地说，怎么他又折回来原地呢？这样可就危险啦！把大家笑得憋成内伤。有个男同学，看着男演员在戏楼的边上说唱表白，而与他搭演的女演员刚好坐在屏风边，戏里是想通过这种手法，表现角色的心理活动，我这位同学也奇怪地问，他这样说话，不让对方都听到了吗？他提出的这问题，自然引发了众人的捧腹大笑。实际上，不懂事的小孩子看戏，出洋相显傻气的不少。我也是其中一个。我当时最不明白的是为什么女演员每天都可以生一个孩子，没过多久就是18岁了。于是我纠缠奶奶问，怎么我在妈妈肚子里10个月才出来呢？这个问题在一段时间也成为别人的笑话。在记忆中，我是没有完整看完一场剧的，好多时候，都是躺在妈妈的怀里或者戏台前的那张草席上一次又一次地被一阵阵狂笑声吵醒。此时，我总也会看到一起看戏的小伙伴们同样早已进入梦乡。

戏台不远的地方，都会有个小赌场，有"压鱼虾"的，有"搬字仔"的（都是当地一些赌博方式）。年轻人说来看戏，除了拍拖，大多是找找这类的娱乐活动。在每个赌档前，总被围着一圈又一圈，好不热闹。期间也会听到小孩吵着要爸爸、妈妈带着回去睡觉的声音，其实，这更多是小孩的一种策略，此时，便看到大人递出一块几毛钱，无奈地说，快去买条甘蔗，去买个油炸饭什么的。对于这类的赌博行为，公安部门也是禁止的，因此便总会不时出现派出所的前来抓赌的一幕。有时也有一些输了钱的好事者恶作剧的情况，只要一句"公安来了"，热闹非凡的赌场便会迅速作鸟兽散。一阵疯狂的逃命后，一些侥幸逃脱的"赌徒"总会骂骂咧咧地跑回来找鞋，那时的鞋就是重要的个人财产。

村里的雷剧以神的名义依然在每年的三月三开演，雷打不动，年年如是。自从外出读书直至参加工作后，我便也很少有机会观看雷剧了。现在的村里年轻人大多也到外面打工了，看戏的自然多为老人。听说，有时戏演到谢幕时，观众只有庙祝和几个老铁粉了。演大戏更多的已成为一种习俗的传承。

今年过年时，与我们一起居住在城市里的母亲从家乡的一家音像店里买回了一台装了内存卡，里面存录着几十部雷剧的小碟机，母亲一有空闲便一场场戏地看，有时还禁不止哼上几句。听着熟悉的韵律，我便会想起年少时看年例戏的时光。

我与故乡的池塘

一

史铁生的《我与地坛》是一篇深刻地影响着我的文章，文中一名苦难却伟大又坚韧的母亲形象时时打动着我，每每读罢，缠绵悱恻之感便油然而生。以至于每次去北京，我都会抽时间去那座让史铁生一经相见，便心如静水的地坛走走。喜欢读《我与地坛》，除了史铁生文笔清澈、深刻、感人的缘故，其实还有一个原因，在我的故乡也有一个同样令我魂牵梦绕的地方，一排水汪汪的池塘，像史铁生文字下的地坛一样，游荡着我的情感和意蕴，也记录着我的绽放和沧桑。

故乡的池塘，横卧在我们村子的中央。它一口扣着一口，像链条一样，将这个有着400多年历史的村落分成两边，一边叫老村，一边叫新地。我家在老村，老屋离池塘不过10多米。这里的每一口池塘都比我年长，在我出生的时候，它们已经借自土地的力量，捧着一盆盆流动的塘水端坐在这里很久了。

故乡地处岭南水乡，不缺小桥流水、草长莺飞的景致。水为财，水到鱼行，脉脉相连，池塘也串起了故乡的历史，丰富着乡民的物质生活。在我很小的时候，祖母常常神秘地对我说，这么一片池塘啊，可是咱们村的龙脉，龙头对着咱们的祠堂，龙尾一直摆到村口，直至雷州的母亲河南渡河支流下溪。对于龙脉的说法，我将信将疑，但祖母满脸的虔诚，启蒙着我对池塘的信仰。

池塘的面积都不算大，最大的那一口也不过长 400 米，宽 100 米，但每一口都是那样地规规整整、亮亮堂堂，这倒有点像故乡的人。塘水是流动的，走动起来却又是那样的悄无声息，因此塘面平静得如同一面镜子，温厚而和气。小时候，我们常常用小瓦片在水面抛甩，瓦片总会凭着惯性漂移 20 多米，带出一串又一串优雅的涟漪和细细碎碎的笑声。

池塘不深，塘沿处多为 1 米，塘中央也不过 2 米，因此尽管它是横在屋前，却没有任何围栏。它们的表情是那样地静和，一次又一次、一代接一代，装放着我们的倒影从水面上飘过。

傍晚，一缕缕炊烟开始装饰着村子的生机，挺像一只只邻里的手相互打着招呼，不时会听到一些粗犷的声音，那是家长们在向我那些贪玩的小伙伴们发出回家吃饭的信号。此时，便会看到小孩子们像一群受惊的马蜂一样，突然从一个窝中散开，狂飞回家。

炎热的夏季，晚上的池塘边成为人们纳凉的好去处，当恬静的月光一页页地冲洗塘面，一张张草席便会沐着月色铺张在靠近池塘的石板上。先是一片小孩的打闹和大人的谈笑，慢慢地嘈杂声没有了，越发突显蛙声的孤寂，在乌蓝的天空中，一轮明月高高挂在天上。

这是何等温润的村庄，这是何等静雅的池塘，连月色都是如此的冬暖夏凉。

二

20世纪70年代，一个胖嘟嘟的小男孩出生于老村池塘边的一户农家小院，这个人就是我。没几年，二弟阿武、三弟阿偌陆续呱呱落地。

父亲有一个姐姐，两个妹妹，为独子。添丁是这个家庭最大的幸福元素。听说，母亲还是姑娘的时候，因为打探到母亲所在的家族几代男丁都非常兴旺，祖母便四处托人做媒，媒人更是几进我外祖父的家门，最终促成了父亲和母亲的婚事。

在短短的几年中，家里一下子连添三个男孩，最开心的当属祖母了。虽然她嘴上常说，生男生女都一样，但她脸上怎样也难于掩饰心底处流露出来的喜悦，就像一朵盛开的花，怎么看都是那么灿烂。记得偌弟出生的时候，本来给接生婆接生费就行，但祖母还特别将家里的一只老母鸡送给她，这也是一种分享幸福的方式吧。

夏天的晚上，南方潮湿的夜风会在池塘边回旋，此时，池塘把月亮抱在怀里，祖母也把我们仨人搂在身边，她一边摇动蒲扇，一边给我们唱雷州童谣，讲童话故事。祖母没有上过一天学，但她心里长着很多"文化"，这些歌谣和传说，从她漏风的门牙吹了出来，霎时便变得有滋有味。她讲的"吃月母屎"的故事（在我的故乡雷州，称月亮为月母），我至今记忆犹新。说的是天上有七颗星星兄弟，家里只剩下一粒米时，妈妈便让他们每人含一口，再将这粒米传给下一位，但其中一颗星实在忍不住，就将这粒米吞下去了。由于他自私，玉帝对他严加惩罚，让他一人孤独地跟在月亮的后面"吃月母屎"。这颗星便是我们现在所看到的金星。她是希望我们兄弟一生相互依存，团结友爱。有时如果我们顽皮不听话，她总会严肃地说，再这样，就要赶你去吃月母屎了。这些通俗的道理对我们成年后的做人做事都是很有益的启蒙。祖母讲的故事，我和二弟听得津津有味，三弟是听不懂的，但我们的笑声却可以感染他，他也会跟着咯咯笑了起来。这真是一段难忘的时光。

我们兄弟几人继承了母亲的基因，倌弟更是长得白白胖胖，眨着一双又大又亮的眼睛，虽然不经事，但每一句牙牙学语都非常响脆，每个人从他面前走过，他都能用眼眸撩动别人的心弦，让人禁不住过来摸他一把。大家都开着玩笑说，如果这是一只小猪仔，蒸着吃，肯定很美味。

那时，祖母常常笑着说，等你们长大了，你们每人再生几个，奶奶就真的是儿孙满堂了，就怕奶奶命没有那么长啊。祖母确实不够长寿，正如我在一篇纪念文章《祖母》中所写"每次回家，她都用那满是老茧的手拉着我问长问短，当然，作为家中的长孙，她最关心的还是我什么时候娶媳妇。她总说，你看我们村里与你同龄的那几个人，个个都有小孩了，你可要抓紧，让我也抱抱曾孙啊！她的眼光中总是那样地热切，因此每次见到她，我最怕的就是她问起此事，我都会骗她说，在城里，大家都是先有事业再成家的，35 岁前很少结婚的。这其实是一种借口，祖母没在城里住过一天，但我说的她都深信不疑"。祖母是 1998 年 1 月去世的，当时，我尚未成家，她抱曾孙的愿望自然无法实现，这也成了我终生的一大憾事。

三

我们村的池塘共有八口，当时由村渔场统一管理。70 年代的农村，物资还非常匮乏，一年除了拜神所需以及逢年过节，饭桌上难得闻到肉味。渔场分鱼时间便成为村子狂欢的时节。八口鱼塘是我们村的一个活招牌，母亲说，当年好多姑娘就是看中我们村里的大片鱼塘和平整的农田，知道这个地方只要勤劳一点就不会饿肚子而嫁过来的。

二月花期拥挤，花色烂漫，柳蝉莺娇，每一阵从村子路过的风都涂抹了颜色，把这个南方的村子吹绿、吹红、吹紫，吹成诗词，吹成油画，吹成风景。鱼苗大多也是在这个生机勃勃的季节，从几百千米外的鱼苗场买回来放进池塘。清明节时鱼还小，所以分鱼都是从农历五月的端午节开始，接着就是七月的鬼节，再往后就是国庆节和春节。

分鱼在生产队的晒谷场进行，主要是鲤鱼、鳙鱼、鲩鱼、鳊鱼，它们被分类堆放，还活蹦乱跳着。鱼按七分人口、三分工分的规矩来分配，这样能保证每家每户都可享受到这个祖宗留下来的福利，喝上一口新鲜的鱼汤，享用池塘给舌尖带来的美味。

村子里老老幼幼、男男女女都来了，分鱼的席子被围得里三层、外三层，连高高的晒谷场围墙上都站着坐着人。我拉着二弟，背着三弟，硬是从人丛中钻到了席子边。冷不防，村子里的一个叔叔拿起一条小鱼丢了过来，我赶紧躲闪开来，他笑着说："文仔，你先尝到鱼腥味啦！一会要给你家分少点了！"这话惹得大家都笑了起来。每次分鱼，平均每个人口都可以分到 1 千克左右的鱼，像我们家一下子可以分到 5 千克，这够滋润一段时间了。幸福的鱼腥味，就是这样渲染全村家家户户的锅碗，充盈着平时习惯了清汤寡水的脏腑。

池塘也是我们儿时夏日驱暑的好去处。我家屋前池塘边长着好几棵大榕树，榕树的气须，无论摆动得怎样地任性，都秉持着向下的力量。向下，这是时光的走向，却有蓬勃的思想。强壮有力的树枝伸进了塘面，这便也成为我们最好的跳台了。我们常常像猴子般爬到榕树枝上，再从树上扎入池塘里。都说故乡的好多跳水冠军都是这样自小打基础的。

关于我游泳的记忆，是从 4 岁开始的，那天天气闷得慌，我自个在屋前的塘边，摸着厚石板做成的阶梯下了塘。正玩得开心时，突然脚底一滑，整个人掉进池塘的深水区，当时我还不懂得游泳，在惊慌失措之间，拼命往浅水点挣扎，在呛了好几口水后，总算魂飞魄散回到了浅水区域，这说起也怪，自始我便懂得了游泳。听说，很多小伙伴们都是这样练出水技的。

农村人游泳都是无师自通的，就我们家而言，二弟出生后，他先是这样在塘边看着我游泳，喝了几口塘水，慢慢地他自己也会了。三弟出生后，他又是用几乎一样好奇的眼神注视着池塘里的我和二弟。倌弟尽管还小，但他的表情传递着赞喜之情，他不时喊着几乎没人听得懂的语言，高高地挥动那只胖乎乎的手，希望引起我们的注意。我有时也会故意潜到岸边，突然从水底钻了出来，给他一个惊喜。池塘边就是这样被笑声缠绕着。

池塘流动的快乐元素，丰富着我的童年生活。有邻村的小伙伴说，你真好，村里有鱼分配，又可以在家门口游泳。这话让我非常自豪。

四

那年月，父母早出晚归，奔忙于生产队的农活。我们像毛孩一样徜徉于乡村的河沟田野之间，捉鱼捞虾和捕捉水蛇成为我最大的乐趣。

水蛇长于南方，无毒，它们最爱藏在田间的水沟、池沼。

我当时年纪虽小，只有6岁，但捉水蛇却有一手。那时种田很少用农药，水蛇可以过着相对安逸的生活。我带着小伙伴们和弟弟们，沿着村口门前的河沟，一路"扫荡"过去。摸到蛇后，我会悄悄摸到蛇头位置，猛地一把捏住，再把它丢到了路上，由伙伴们用袋子收好，每次都有10条左右的收获。

当时的农村小孩普遍不太讲究卫生，我的小伙伴中好多都烂头皮。都说水蛇肉有清热、凉血、排毒之功效，大人们便也都乐意让自己的孩子跟着我玩。蛇肉还真能治烂除毒，再加上蛇肉的美味，村子里许多人成为我的"粉丝"，他们都称我为"蛇王"。其实那时被水蛇咬伤也是常有之事，而现在只要看到蛇，我头皮都有发麻的感觉，当时也就是无知者无畏吧。

踏着落日的余晖，我们带着战利品从河沟回来，我们身上的泥巴，也早就在阳光下风干了，一路走着就像鱼鳞一样一片片地脱落。夕阳抚慰着村庄，抚慰着池塘，也抚慰着我们的内心。我们会跳进屋前的池塘里，与无数吞吞吐吐的鱼儿一起，用迂回的姿势表现我们的活力。看着旁边游玩着的武弟和一大批小伙伴，以及坐在岸上的宿弟，我感觉到塘水的每一回洗刷，都是一回幸福的弥漫。

傍晚时分，捉回来的蛇，会在屋前的塘边，开膛破肚。有时抓住怀孕的母蛇，我会提议伙伴们先将母蛇放进池塘里。对于这样的建议，不会有谁反对的，因为这是我们村子的池塘，也就是我们自己的池塘，把蛇养在里面，以后也是我们的。

池塘边的炊烟以昏黄的天色为背景，涂画着一幅迷人的水墨。清洗干净的蛇肉会被切成一块块，放进砂锅中。随着水温的提升，一股股香味散发开来。大家用手拿着一块块蛇肉，迫不及待送进嘴里。真的香，这样的味道在好多年后仍然被人记起。母亲很怕蛇，记得有一次，我特别带了几块蛇肉回去，偷偷放进她的碗里，搞得她那一碗饭都不吃了。但对于我们捕吃水蛇，迫于当时的生活条件，她是不反对的。我撕下了蛇肉，一点点地放进了宿弟的嘴中，这真是他喜欢的味道，他嘴里还含着，又在向我伸手示意了。他那时还不太懂得说话，但他说出的"给"字，我怎么听都像是"哥"字。我一个劲地对旁边的大家说道，你看，我弟会说话了，他刚才就在叫我了！看着他津津有味的样子，一种当大哥的幸福感油然而生。

此时，月亮正在云层里安然洗漱着，在众目睽睽下展示着自己的胴体。

慢慢地，我们睡着了，池塘睡着了，村庄睡着了，只有月光醒着。

五

转眼间我就到了 7 岁，到了上学的年龄。

这天，我正在课堂里上课，一个小伙伴慌慌张张地跑到窗边对我说："阿文，快回家，你三弟掉进水里了。"这简直是晴天霹雳，我跟老师说了一声，急忙往家里赶。半路，看到村里一个叔叔背着俈弟，正往村子里的医疗站跑。

淹水，对于我来说早有经历，因此我认为，这或许就是与我一样的，也是一场虚惊罢了。但没多久，抢救室里却传出了令人震心的噩耗，俈弟死了。

他在这个世间的时间永远停驻在 1226 天。他是自个偷偷溜出家门玩耍，掉进屋前的塘里淹死的。他或许是想学我游泳，才掉进去的，他的命没有我的大，所以死了。

母亲刚从农田赶回来，脚上还满是泥浆。她在地上打着滚，汗水沾着泥沙把她变成了一个泥人，那撕心裂肺的哭声令人无不动容。祖母哭唱着回忆起俈弟实在太短暂的一生。白发人送黑发人的痛，也成为祖母一生最爱念叨的。祖父和父亲哭号着、自责着。

那天，是我面对第一个亲人离世，这注定是一个难眠的夜晚。在安静的月光下，祖母和母亲几次昏死过去，但一醒来，便又是割肠般地痛哭。祖母和母亲的每次伤怀也同样触动我们的柔软之处，于是全家老小会倾刻间一同号啕大哭起来。只是那双曾经闪动着纯净光芒的眼睛，却真的永远闭上了，那张稚拙的笑脸再也看不到了。

那几天，我精神恍惚，在梦中想着，风儿吹过的池塘，那一圈又一圈的波纹，多么像俈弟那浅浅的迷人的酒窝啊，只是我想拉住他时，那笑容却又瞬间被另一阵风揉碎了。这让我甚至痛恨自己为什么那天去上学。

由于倌弟尚未成人，根据农村的风俗，他被埋在村子墓地里一个我们都不知道的地方，这也是为了让他更好地投胎人世。直到我第三个弟弟几年后出生，我都想着，这或许就是倌弟又一次来到我们家，来传续我们没有了结的情缘。

倌弟的去世一下子改变了我们家的生活。祖父再也不让我们去游泳了，有一次我偷偷跑到村子前面的河里游玩，没想到被祖父知道了。这是我第一次看到祖父如此生气，他拿着绳子，用力抽打着，我被打得遍体伤痕。同时，由于担心捉水蛇时碰上毒蛇，蛇也不能捉了，祖父甚至将我煮蛇的砂锅整个打碎。小时，由于自己贪玩，有时祖母穿行于各个巷道寻找我呼喊我，我甚至会故意不回应她，但现在她着急的呼唤声一发出，我会第一时间像被线牵上一样回去，毫不迟疑。

没多久，我家在新宅地建了新房子，搬过去了。这或许是大人试图离开伤心地的方式。因为在那几年中，看到村里与倌弟同龄的小孩，都会勾起祖母和母亲的痛苦回忆。

月光轻柔如初。我突然感到自己是那样的憎恨这片池塘。从这时起，这里已承载了太多的寂寥，也盛满了无穷的悲欢。

我们依然是生活在离池塘几百米远的地方，但我自己却像一棵年少的榕树，在青春的年龄，长起了细长的胡子，变得成熟而沧桑。

六

时间过了20多年，我们兄弟几人陆续到了深圳工作，并在那边结婚生子，父亲、母亲也跟着来到了这座城市。但故乡是根是本，走得再远，我们每年都会回去几回。

时过境迁，如今村里的八口池塘基本荒废了。尽管池塘边榕树依旧，池塘里流水依然，但却已变得杂草繁生。村里的乡亲说，现在的池塘已不养鱼了，几次想着租出去，都没有人报名投标，因为随着生活水平的提高，鱼塘养的草鱼土味太浓了，相对于海鲜来说，塘鱼已失去了当年的诱惑力。在年轻一代记忆中，他们既没有分过塘鱼，更没有从榕树直冲塘水的游泳经历，这一片池塘，已失去了往年的神秘和魅力。那段令人伤怀的往事，在我们家里，更是像刚结痂的伤疤一样，没有人愿意提起。

只是在前几天的一个晚上，我12岁的儿子跟着我们到家附近购物，由于他贪玩，有近两小时失去联系。我们全家出动，四处寻找。在儿子回来后，我父亲一言不发，默默地把自己关在房间中，母亲却整个哭成了泪人，如此凄然的哭声，令妻子满脸诧异，但我却是听懂了，因为这与当年的哭泣实在太像了。

我一直以为，父亲母亲已经淡忘了过去伤心的失子往事，殊不知此事一下子戳到了两位老人痛处，这让我非常不安和内疚。或许，这份痛是要伴随他们的一生了。

池塘已成为我故乡记忆中的一块沉重的碑记，只有每次在杂乱的思绪中，擦去它表面的尘埃，却总是那样地无法割舍，又爱又恨，又恨又爱。每次回到老家，都会经过侄弟去世的那口池塘，在那里，我都忍不住一次又一次地回望，希望透过阴阳的隔绝，知道远处的他其实也活得很快乐很幸福。塘面婆娑，我也似乎看到一个熟悉影子，由模糊及清晰，又在一阵风的吹拂下，化为碎银。

看着池塘被如此废弃，我有好几次与村干部聊起，希望这片池塘可以变成万亩莲塘，这是化腐朽为传奇之笔，不但可以装饰村庄的嫩绿、烂漫，还可以增加村里的收入，同时我也隐藏着一颗私心，就是希望自己的思念有一个盈而不溢的蛰伏之所。

前几天，回去老家的父亲给我来电话，说家里池塘真的开始种上荷苗了，这令我非常的惊喜。那将是一幅怎样高雅素洁的风景啊！圆圆的碧绿的荷叶会铺满每一口池塘，在亭亭玉立的荷梗上，一朵朵如孩子脸般粉红色的荷花正盛情地绽放着。我期待着池塘清香飘逸的那一天尽快到来。

回家过年

　　年关越来越近，在单位食堂里吃饭的同事已是寥寥无几。大家围拢在一起，心却早已不在曹营，聊着聊着，便也回到了同一话题：回家过年吗？开车、坐高铁还是坐飞机？似乎大家都忘了，在深圳，在座的每个人都有工作、有房产，也有一个稳定祥和的家，甚至已经实实在在的猫在这块土地上打拼二三十年了。回家过年，这里的"家"，自然所指的不是深圳。

　　离春节越近，也就离春天更近了。在春暖花开的时节，可以思索一年之计，可以梦归故乡，与友人相约，与亲人团聚，与旷野谈情，与村庄怀旧，所有的一切，都将在此时惬意而来，这就是春天带给人们的，除了花红柳绿之外的另一种期待。

　　好几年了，每到这个时候，总会有一场突如其来的寒流，从北方汹涌而至，与南方温润的春意激情交融，尽管对此早已有预感，但每一阵寒意依然让人猝不及防。妻子从衣柜里拿出了厚厚的羽绒衣，塞进了旅行箱，嘀嘀咕咕着又取了出来，要风度，还是要温度，在此时突然变得难于取舍。最后她还是决定只带儿子的厚衣服，因为小车的后备厢已被吃的喝的挤得满满的。妻子笑着说，昨天买的那几包糖果，到时就让儿子抱着吧，估计他也愿意。从深圳回老家雷州有500多千米，按理说全程高速了，如果不堵车，也就六七个小时的车程。但这些似乎只是停留在理论上，在我的记忆中，从来就没有这么快到过家，一次也没有。

人但凡有了归心，那日子也就快得着实骇人，转眼就是大年二十九了。我还是请了假，准备提前一天回家。过年回家，每个人都是奔着"团圆"二字而行，希望大年三十晚上，一家人可以吃上"团年饭"。楼下的车库空得越来越快了，看着我那慢条斯理的样子，妻子有点沉不住气了，丢过来一句：你又忘了前年的经历吗？她这么一说，我便也不好再做辩解。前年春节的那一趟回家，我走走停停足足用了30个小时，创下个人连续驾车的最长纪录，回到老家，只感觉脚都快与肉身分开，只是谢天谢地，一次魔鬼式的行程尚能换来一餐团圆饭。与我几乎同时从广州出发的一个堂哥，在大年初一上午才回到家。妻子的话不算杞人忧天。

深夜四点动身，这是妻子的建议，她认为大多数人都是七点多钟吃完早餐才出发的，这样就可以避开交通的高峰期，儿子总结这一招为：独辟蹊径。其实真的要四点出发就不是那么容易了，车上共有五人，除了我们三口，还有两个亲戚，人等人，气死人，磨磨唧唧的，五点多钟车开出小区，六点多到达虎门大桥时，前面已是一眼看不到尽头的车流。妻子来了怨气，快快地说："如果早半个小时，肯定不是这样的。"至于早点出发是否就可以畅通无阻，其实也未可知。

曾被誉为"世界第一跨"的虎门大桥建成于1999年，这座悬索桥主缆的钢丝如果拉成一条钢绳，足可绕地球一圈。它东起东莞市虎门，西接广州市南沙，全长约16千米，就此让天堑变为通途，这里是广东省东、西两翼的重要交通枢纽和贯穿珠三角湾区城市群的咽喉。但这座桥留给更多人印象的是它要命的堵。某次，我从家乡雷州回来深圳，走了近 400 千米，才用了三个多小时，车过中山后，我兴奋地同随行的朋友说，这次行车之顺畅估计也要创一个新纪录了，但到了虎门大桥，却是傻了眼，又是碰上滴水不漏的堵，硬是在这不足 20 千米的路面上折腾了三个多小时。每次只要经过此地，总会有朋友问起：通过虎门大桥了吗？意为只要过了此地，前面基本已成坦途了。大家都对虎门大桥越来越心存畏惧，它的缺陷被众人记住了，且常常拿出来咀嚼一番，腹诽半日，它的种种好处似乎成了理所当然。不过，我们这天的运气还不错，所有的车辆各行其道，虽是蜗行，但毕竟还在行走中，这就像一个人，活着，并保持着向前的姿势，他便有了希望。仅用四十分钟通过虎门大桥，让大家都松了一口气。

但车辆行至阳江路段就没这么幸运了。前面有几辆车严重追尾，糊在一起了。一个个惊魂失魄的身影无奈地从车厢里爬了出来。在如此归心似箭的时间里，任何一个小小的耽误，都是一种揪心的折磨，谁想摊上呢？不过还算庆幸，车损了，人倒是平安无事。逢上长假，碰碰刮刮在又长又忙的沈海高速已是司空见惯，但这么大的交通事故，除了相互指责几句，大家都只能等待交警的评判了。朋友圈里也很快沸沸腾腾：长龙堵车，高速路变成巨大停车场。看着太阳慢慢地从低处拉到了头顶，儿子拆开进口牛奶糖袋子，慢条斯理地吃了起来。高速路两侧已成了天然的洗手间，车河成为朋友圈里展示的背景，大家都找着自己的乐子，这是一种无奈的选择。有朋友曾经分享过一个"商业建议"，说春节期间哪也不去，就到高速路上卖炒米粉，每份赚 10 块钱，每天赚几万块不在话下。这或许是真的。看着导航里红的一串、橙的一串，我望着那一队队嘻嘻哈哈地从我们头顶上越过的候鸟，我不由感慨，天上应该没有高速路，小鸟们的行走却比我们自由得多了。

其实，奔波半世，每次春节回家，已成为我们家乃至整个中华大地最大的迁徙，且带有某种庄严的仪式感。每年的堵，都是在意料之中，但每个人却又乐此不疲。从深圳到雷州，我一年中都会在季节的牵引下奔走几个来回，这是一条我再也熟悉不过的路了，它似乎总在变化中，但似乎又什么都不变，其中就包括了节假日的车流如织、人山人海。倒是高速路两侧那一排排桉树、松树，以及那一簇簇总是红着脸的勒杜鹃在岁月的流淌中多了表达的内涵，那满目的葱翠和艳丽总在不经意间装饰了我一路浩荡的风尘。那一路同行的风，总让我想起祖辈的手，是那样轻轻摩挲过我的头，一阵阵的柔软，直逼心脾，撩拨着我心头那若隐若现的乡愁，让我顿时又多了几份念想。

车子开进了村子，已是当天晚上7点多。夜幕垂下，路灯便亮了起来。晃悠的灯火在乡村无边的夜幕下有些许的暗淡，但亮灯却是一个村庄文明程度的标志。儿子已一觉醒来，一到家门口就大声喊着爷爷、奶奶。父母亲已随我们住在深圳多年，他们提前几天回来，为的是先将屋里屋外清理整洁，好让我们住得舒心。父亲说，你妈妈这几天都在重复着扫、拖、抹、铺几个动作，腰都快伸不直了。母亲浅浅地笑着，没事的，没事的。我们平安回来过年，这让她已忘记了身上的疼痛。

老家的房子建成于2009年，由父亲牵头，我们兄弟3人合资所建，房子共3层，700多平方米，20间房，在附近乡村属于矫矫不群了。房子是在爷爷那代人所建的旧宅基上建成，算是另一种继往开来，光宗耀祖。父亲为此在老家既当设计师，又当工程监理，忙活了一年，这幢房屋才算竣工。虽然房子已入住近10年，至今仍有人好奇地进屋来打量一番，猛夸这房子设计前卫、实用、质量高。听到这话，父亲的脸上都会闪过一丝自豪的神色。其实房子建成，最大的变化是住得舒适了，儿孙们也更喜欢回老家了，这才是父亲、母亲最希望的结果。

在我的家乡雷州，过春节就叫"过年"。相传，古时有一个常年深居海底的怪兽叫"年"，它经常在除夕当天浮出水面，祸害百姓，在了解到

"年"惧怕红色和爆竹声后，每到这一天，家家户户便张贴红对联、燃放鞭炮，驱除恶魔，迎新接福。小时候，除夕那天，我常常会好奇地问母亲，"年"到哪了？母亲为让我快点洗澡换新衣，会说，到后坎了。后坎是我们的村口，这意味着年的脚步已是越来越近了。"围炉"是老家除夕那天最重要的活动，包括张贴对联、拜祭村神、祖宗、鸣放鞭炮、吃团年饭等。由于房间众多，里里外外要贴的对联就有20多副，既要内容不雷同，有文化味，又要切合房间使用功能，因此这似乎成为已到古稀之年的父亲一年中最重要的工作。父亲当过中学语文教师，春联自然喜欢由自己草拟，他给每一组对联都标上了房号，之后再交由我去找一些相熟的书法家写好，从深圳带回老家。

面对即将到来的春天，我们都愿意将内心的祝福和祈愿写在了这一组组两竖一横的红纸黑字上。春联有时还真像是欢迎春天的标语，把我们走过的一日日虚无的时间，用可看可读的形式呈现在光阴面前。只要它一张贴，也就意味着又一个春天开启了。作为父亲，我总是希望小孩快点长大，但作为儿子，看到红色的春联，我知道，尽管我是那样的担心父母亲变得越来越老，但岁月却是真切地不可逆转。其实时间的流转就体现在参与贴春联这项活动主配角的变化上了，以往都是父亲爬到梯子、椅子上张贴，我们在下面给他递对联、胶水，现在他已经主动变成配角，爱站在梯子下面指指点点，就怕我们贴得不整齐、不稳妥。试图让位的还有母亲，她常常一次又一次地叮嘱妻子和两个弟媳，哪个时间是要拜哪个神，哪座香炉要插几支香，要烧多少片怎样的纸钱，要捏怎样的米团，等等。这些都是祖母教她的，她是希望我们也要懂得了。"你以为你妈妈真可以长命百岁啊！"每次听她这样说，我心里都会莫名惆怅起来。

妻子是在农场出生的，对于这些之前了解不多，但当学会"拜神"成为一个外来媳妇是否融入这个村落的一个重要评判标准的时候，这让她和弟媳们似乎不得不上心。春节假期只用"拜神"两个字，便也可以串联了起来。除夕当天拜村神、土地爷和祖宗；初一拜村神、敬香祖宗；初二拜村神、土地爷求财运；初三又是村神的诞辰；初五是大年结束，还要进行熄年祭拜。拜神，对于一个乡村少年来说，总是一段不可磨灭的记忆，在物质匮乏的年代，它由此带来的物质享受，更是常常让我们念念不忘。母亲有时还笑着说，你们兄弟几个，刚祭拜完，半路就将祭肉分完了。而如今，繁琐的拜祭活动自然让我失去了一次次外出访朋会友、谈天说地的时间，但妻子似乎只要两句话就让我语塞：你这么辛苦回来，是为了什么呢？你想让妈妈因此不开心吗？在母亲看来，一家人从一座处于异乡的城市若候鸟样整窝回到家乡团聚，共同向村神、祖宗祈求万福，希望来年更好，这才是过个好年的意义所在。每次祭祀，母亲都是从凌晨开始事无巨细地准备，将每个环节安排妥当，以表达对神的诚意。她不止一次对我说过，一年难得回来一次，要多拜，好话不怕重复，拜多了，情就更浓了。看着日渐老去的母亲，我突然觉得，母亲其实是在给我一种心理的暗示。我们跟着母亲拜神，就是陪着母亲跪拜土地，让故乡不要抛弃我，让儿孙铭记出身何处。

儿子和侄子、侄女们对每年拜神已是轻车熟路，先拜哪里，后拜哪里，他们了然于心，他们跪拜的姿势看起来也是中规中矩。看着这一队说着普通话的小孩过来，庙祝笑着说，我们的神公都是说雷州话的（我们的方言话），想求什么，可要说雷州话，他们才会听懂哦！这话似乎是说给我听的。雷州话属于闽南语系，是一种不容易学会的语言，在这个相对封闭的小社会里，不懂得说雷州话，自然便也少了几分亲近。我们一家虽然长年居于外地，但在家里说得最多的却是雷州话，儿子自小便也耳濡目染。听着儿子用雷州话蹦出一句：我们都懂雷州话的！大家都会心地笑了。对于每天的求拜，儿子就曾私下问我，同样的话，为什么不能一次性说完呢？你们天天在神仙面前唠叨，他不烦吗？这让我顿时无语。我对他说，听奶奶的就好，好话不怕重复。对小孩子们而言，拜神相较于玩手机、放鞭炮等，明显是缺乏了吸引力，儿子回到家里的当天，第一件事就是问爷爷，家里有网络吗？在他的心目中，只有网络才是联通外部世界的窗户，网络的世界里充盈着更多快乐的元素。

　　春节是村子里最热闹的时光。几年来，村道的两侧停靠的小车已是越来越多，从号牌上看，有广州的、深圳的、珠海的、佛山的、茂名的，甚至还有贵州、云南、海南、新疆等地的，八米宽的村道一下子拥挤了很多。乡村的信仰暖和着每家的团年饭，这温度里有亲情，也有年味，更多的却是传承的力量，因此大家才如此不畏艰辛、千里迢迢回来了。一年一度的聚餐也是我们一个大家族必不可少的活动，堂哥堂弟们十有九家在外地生活，侄子这一代年轻人更是一年一变，一年不见好多人一下子也是叫不上名字来。村里的农田很多已经外租给专业户种植了，农户每年除了领取政府的补贴，还可以每季收取一定的稻谷，自己有了更多自由的时间。大家聊起生活现状，听说我还在与文字打着交道，他们都好奇地问：那可赚不少钱吧？这令我当即变得沉默不语。因为我知道，留在村子里的堂哥四兄，现在每出去干一天活，都有五百元的收入了。我是某报的专栏作家，每次绞尽脑汁码上一千字也才三百元，而且这已算不低的稿费标准了。推杯换盏之间，与以往相比，大家各有各的活法，各有各的精彩，便也少了相互的仰慕。倒是有些变化让我感到惊讶和欣喜，比如，以往每年回来，尽管自己不抽烟，但都会买上几条给一些长辈分上一包，但从今年起，好多人都把烟戒了，这样的变化其实也发生在一线的城市中，吸烟有害健康，这在乡村也成了大家的共识。

　　大年初一在村学校操场举办的游园活动，是村子里过年期间不多的集体活动了。由于村里缺乏经济收入来源，活动由外出的年轻人发起，活动经费也由大家捐赠而来，我也捐了1000元，表达一份心意。集体活动让大家碰碰面、聊聊天又多了一个机会和理由。操场四周的彩旗在风中热烈地交流着，舒卷之间仿佛都能听到嗷嗷喳喳的言语一般。彩旗下，讲着普通话的人已是越来越多，有外省来的媳妇，还有外地出生的小孩，当我试图用雷州话与他们交流的时候，他们却用一口标准的普通话回应我，我似乎成为异类。在熙熙攘攘的人群中，总有无数双陌生、好奇的眼光打量着我，逼着我用笑容回应着。有很多老人我是认识的，我也提醒儿子上前问好，儿子看他们一个个都比自己的爷爷还老，自然而然叫他们爷爷了。其实，他们有的与我同辈，有的比我的辈分还低，按理最多只能叫他们伯伯的。儿子听了我们的解释，兴奋地说："那是不是很多人应该叫我爷爷了？"惹得大家都乐了。时节轮回，每一次的春去秋来，总伴有一场场的花谢叶落，今年一问，村里又有几个熟悉的老人离去了。大家端详着我，看着我从两鬓渗出的白发，说道你今年可也变化不少了。

作家李汉荣在《故乡在何处》里写道：以前怕它老是不变，现在呢，怕它老是变，变个没完没了。现在，你倒希望它不变还好一些，至少变得慢一些，最好能守住、留住什么，守住点老面孔，留住点旧事物。对于我来说，故乡是那样地熟悉且陌生，村口是熟悉的，一些人事是熟悉的，树木是熟悉的，农田是熟悉的，河沟是熟悉的，却也增加了很多陌生的水泥道、自来水塔、房屋和面孔。我的童年曾在这一条条巷道中奔跑，在这一棵棵榕树下荡秋千，在那座老屋的天台上乘凉，在村口那片旷野上放牧梦想，但时光却是永远无法逗留，正若过隙白驹，不可追矣。

我家离雷州的母亲河南渡河不远，一批批候鸟在我回老家过年之前，已先我来到我的家乡，居住在这条河边。清风有味，光阴有色，水过留声，南方暖和的阳光吹亮了候鸟们愉悦的心情，它们的每一次飞跃，我都可以感觉到一份自由，它们的每次鸣叫，都在传递一份幸福。它们是从故乡到他乡，还是这里原本就是它们的故乡呢？看着它们齐刷刷地盯我的眼神，此时的我，更像是一名来自远方的访客了。

我们是访客吗？我曾经问儿子。儿子说，这是我们故乡啊！也是，故乡是根的所在，按理来说，这里就是家了。这是我喜欢的答案。只是他是否会在我年老的时候，也像现在的我一样，陪着自己的父母亲对这片土地顶礼膜拜呢？这点，我已没有十足的把握。

高度

父亲从老家打来电话，告诉我，族兄阿华高四层的楼房这个月就竣工了，乔迁喜宴估计近期将举行。这是一件大好事，我是要回家庆贺庆贺的。四层的高度，约有16米了，在这个位于雷州半岛中部名叫善排的普通村庄，已是除了自来水塔外的最高点。电话那头，风与风的撞击，让我听到窗帘间窸窸窣窣的对话，与父亲那嘎嘎的笑声同样在演绎一番自在。我猜想着，父亲定然是坐在我们家三楼的阳台上给我打电话的。

在南方乡村，建一套像样的房子是一件光耀门庭的大事，因此，一个村庄的建房史，似乎就铺陈着它全部发展的轨迹。父亲对我说，在新中国成立后的20多年，咱们村的整体变化是不大的。70多岁的父亲在这里土生土长，是村子最直接的见证者，他自己就在一座已住过六代人的老屋迎娶了我母亲，并在这里生下了我，既延续着一个家族的血脉，也由此开启自己乔木莺声的梦想。

在我的记忆中，村子第一次大规模的建房开始于改革开放后的第二年。

东方风来，春意满眼。风和日丽的春天带来了生气勃勃的消息，也给村子鼓起了打造新风貌的勇气。1979年的某个晚上，由村干部和村里几位有声望的族人组成的工作小组聚集在村办公室彻夜磋商，就这样，一个以家庭人口和个人祖屋面积情况作为重要考量指标的宅基地分配方案最终出台。听说，当时在村庄路巷的规划问题上曾引起了一番激烈的争论，对于方案中将主干道的宽度设定为8米，一般巷道的宽度设定为4米，一些人就曾投下反对票，认为这样太浪费土地了，但最终还是按原方案确定下来。

建造一座新房，成了栉风沐雨一辈子的祖父最重要的人生规划，沉甸甸，却也充满喜悦与希望。就在宅基地划定的这一年，祖父选定黄道吉日，在长15米、宽13米的宅基地上动工兴建了以泥砖、玄武岩石块、红砖等为主要材料的"三间五房"瓦房（这是雷州传统建筑结构房屋，三间为主屋，居中落定，还有两间建于主屋两侧，与主屋的三间合称"三间五房"）。在这个颇受道家文化熏陶的乡村，风水是重点考量的元素。村子以南北向的主干道为界，将房子的朝向固定为坐北向南或坐西向东后，唯一需要约定的就是屋子的高度了，因为很多人认为，如果自己所建的房子低于邻居家，就意味着被对方"挤压"，子孙也难得有出头之日了。就这样，村里以乡规民约的形式规定了所有新房的高度不能超过3.6米，并且只能建一层。我们家的新房是第一批开工的，故而在施工过程中便也多了几分关注，村里负责基建的同族兄弟常常过来"溜达溜达"，一再叮嘱务必注意房子的高度，以免影响邻里团结。祖父是一个心地通达的人，深知远亲不如近邻的道理，所以我们家房子的高度被泥水师傅的天平尺定格在3.6米处。

只是这一纸约定仅仅过了几年便显不合时宜。"不是说要实事求是吗？"对于不能建二层楼的规定，村里曾读过高中的三婶意见最为强烈。她家的人口多，那几年，三叔带着几个儿女，办起碾米厂，起早摸黑，多劳多得，成了村里不多的万元户。他们家对居住条件已有了新的追求。村里已没有多余的宅基地可以调配了。对于一些村民强烈要求建设二层楼的诉求，村里经过一番商酌后，也得到了解决。不过，首层的高度仍被限定在 3.6 米之内。

村子里的第一幢三层结构的楼房是我们家 2009 年兴建的。那时祖父已去世多年，我们兄弟三人已到了深圳工作。在父亲看来，一幢建于故乡的房子，不仅可以承载一个家族过去，是先辈的魂魄居处，同时也是一座隐含万丈光芒的灯塔，可以照亮漂泊在外的游子的归路。拆除了瓦砾残败的老房子，我们在原址出资合建了 700 多平方米的新房。这次重建，我们并没有遵循乡村的惯例，请来风水先生重新择日奠基，而是依然选用了祖父当年建房的时辰。父亲没有说出缘由，但他的心思我们都懂。

按照设计师的建议，房子的首层需要调整为 4 米高，这是从房屋美观和施工安全等方面综合考虑后所需要的高度。对于这一申请，村里很快批准。外出人员的增多，已明显开阔了人们的视野。一套建于故乡的住房已不仅用于守住念想，限于解决回家期间的居住问题，也成为建房者审美观和思想境界的展示。邻居陈嫂当时刚从广州回来，她到儿子在广州的家住了 3 个月。她说，我看城里就没有那么多讲究，大家一样活得好好的，城市里的高楼林立错落，住在高楼里的人就一定比住在低层的人好运吗？她显然已不相信房屋的高度可以影响一个家庭的宿运。其实，在这个有着 400 户人家的村子里，哪一幢现在的二层、三层楼，它的前生不是低矮的茅草房或瓦房呢？

故乡是带着强劲磁场的，逢年过节，我都会回去走一走。像春笋一样在一座座宅基地中换着法子拔节生长的房子，一次次向我诠释着故乡与时俱进和勇于求变的性格。村子里再困难的家庭，也得益于当地政府的精准扶贫政策，实现了房屋的拆旧换新，有了自家的小楼房。一些经济条件优越的家庭，甚至建起了碧瓦朱檐的别墅，使这个有着四百年历史的村庄呈示了摩登的气息。村里的泥水路早换成了水泥道，并安装上了路灯，为村庄的夜生活镀了一抹时代的光晕。8米宽的主干道两侧，常常停靠乡邻们开回来的小车，车牌号也是另一种身份证和一个人萍踪漂泊的痕迹，记录着他们从这里出发后，将又往何处去。听着一些来访的朋友对我们村子前卫的规划所发出的由衷赞叹，我们都不由感恩前辈族亲的高瞻远瞩。

在村子里，我们家的房子在 12 米高处，领跑了 10 年，华哥家 16 米高的房子，肯定也不会永远居于最高处。只是对于房子高度，大家已看得明白，也想得通透了。作为通过读书改变人生轨迹的一代，在城市的街区中，尽管我们依然生活于低处，但这在事实上却也并不影响我们站在高处仰望星空。现在乡邻们坐在一起，聊得更多的话题，是谁家的孩子又考上了博士，谁家的小孩更上进、更出息。大家越来越相信，只有人的智慧才是最大的风水，只有渊博的知识和高远的视野才能永葆你灵魂境界居于高处。

第二辑　一棵树的成长

一个地方要住多久才算故乡

　　阳光比我更熟悉窗帘的缝隙，它仅用了一个直行的动作，便钻到了我的床前。母亲在楼下喊道，起床啦，吃饭啰！你们看，太阳都爬得老高了。其实此时也才早上 7 点半。一回到雷州市善排村，母亲起得比往常更早了。她说，在故乡，感觉天亮得快多了。其实，就时区而言，我们所常年居住的深圳比雷州还要早一点看到太阳的，但母亲说的话，似乎又是真的。

　　雷州的阳光比深圳更野性，同样是早上 7 点多，光线倾射过来的瞬间，我的肌肤能感到一股灼烫。更野，这不是我说的，从雷州大地上绿草之绿，红花之红，稻谷之黄，甚至人皮肤之黝黑，便可见一番。我松了松腰，拉开窗帘，推开窗门，只感到轻松自在。晨风顺着晨曦的方向吹吻而来，轻婉柔曼，吸入肺腑，却又夹有些许沉涩的热气，这样的气息对我来说却是那样的熟悉。毫无疑义，这是一个美好的早晨。在这里，除了吃什么样的饭，抖掉哪本旧书上的灰尘，或者陪同母亲去哪座庙，将拜哪尊神以外，我可以不再纠结于其他一些琐事。我想，这份安闲自得，或许只存在于这个叫故乡的地方了。

儿子在作文里好多次写到了故乡。从更小的时候，要告诉别人自己的故乡在哪里，年纪大点后，按照老师的要求，需要深入详细地介绍故乡的风土人情、名胜古迹。对于这些，他知道的其实也不多，逛过的几个景点，多为走马观花。儿子出生于深圳，并在深圳生活、学习，连自己最要好的同学朋友都在深圳，满打满算每年可以在雷州生活 10 天左右，10 多年了，在雷州生活的时间也不过 100 多天而已，但他认为雷州就是他的故乡，而且他的回答没有一点点迟疑。就他对故乡的认知，我没有试图按照自己的理解去评判。

有自己的故乡是一件多么美好的事啊！可以像李白一样，在明月高悬的时候，写一首《静夜思》；可以像柳宗元一样，吟诗《与浩初上人同看山寄京华亲故》，化身千万亿，散上峰头望故乡；甚至老了，还可以学着贺知章的样子，从一个很远很远早已住惯了的地方，循着一座山、一条河、一座村庄，甚至几块石头的方向，回到隐匿在记忆深处的村子，在一群儿童好奇的眼神中，沿着巷道踱上一圈又一圈，让大家看个够；当然，也可以像我一样，闲来无事，与一条横在心底的田路、淌在血管中的河流，用文字的方式进行倾心交谈，当是与一个自己熟知的亲人说说话。这些都是拥有故乡的幸运。我希望儿子也是一个幸运的人。

对于故乡一词的解释，《现代汉语词典》中是这样表述的：出生或长期居住过的地方。雷州，既不是儿子的出生地，也不是他长期居住的地方，但他却一口认定，那里就是他的故乡了。按照书面上的理解，深圳相对于他来说，最具有故乡的特质，但他似乎从来没有这样想过，好像一次也没有。20 世纪 90 年代，我从雷州来到深圳宝安工作、生活，并在这里娶妻生子，家也真正安在了这里。我原先居住在一个叫宝安新村的地方，那里虽然也叫村，其实就是 10 多幢楼房的组合，住在一座城，活在同一村，很容易让人产生"自己人"的感受，也很好地回应了路边悬挂的"来了，就是深圳人"的标语。宝安新村的入口处是流塘路，出口处是锦花路，我已是轻车熟路，甚至楼下一棵大榕树多挂了几条气生根，我都看得非常仔细，小区为了警示个别居民自行摘取路边青芒果的行为，特别贴出了告示，我会在第一时间告诉小孩，要把这里当成自己的家，自家里的东西，是不能随意破坏的。后来，我搬到了勤诚达花园，同样在宝安的另一个商住小区，尽管少在小区的周围晃悠，但楼下哪间云吞店因为经营不善换成了面食小店，哪家发廊突然"走佬"（粤语为逃走之意），办了卡充了值的邻居们组织起来要维权；这样的小事我居然也很快就得知了。小区的物业管理，也在一门心思地希望我知道多点，像维修一下电梯，加建一个小花圃，这等等的杂事，物业管理处总会在小区的宣传栏中广而告之，似乎每块石头、每棵树，每一株花草，甚至出入口保安的笑容，都希望我将这里当成一个承载内心的地方。

相对于深圳，我对雷州的了解，却是越来越少。除了媒体或微信中传出的某个突如其来的新闻事件，无论是正面的，还是负面的，让我终归感到，这个叫故乡的地方，离自己还是那么近。对于好的事情，我非常乐意第一时间转到微信朋友圈，希望多些人知道雷州是一个山清水秀、人杰地灵、民风淳朴的好地方，那里充满正能量，宜居宜商宜玩；对于一些耻于见人的丑事，我大多会选择沉默，甚至看到个别老乡转发，我会萌生痛骂他一顿的想法。近几年，村子里的变化可以说是日新月异，今天铺筑了水泥路，明天将池塘美成了公园，后天又建起了自来水塔，甚至我家旁边的一块宅基地，仅仅半年时间，就建起了一座小别墅。对于这样的好事，我也大多是清明节回去扫墓，或者是春节回去团圆才有所了解。留在村里的兄弟们，或许是将我忘记了，在他们看来，这样的事情，与我没有多大的关系，虽说这里是我的故乡，但我对于它似乎已是无关紧要。至于哪号台风吹歪了哪棵树，哪口池塘换养了哪种鱼，这些更是可以忽略不计了。有时聊起村里的某个老人，得知他在大半年前，已经去世了，我大多也是一声叹息，便也不再问下去。谁家又添了丁，发了财，这样的事情更是少有人与我提起了。农村人最讲究"红白"二事，一个事关家族的血脉传承，一个讲的是忠孝仁义，但他们却是慢慢将我当成局外人了。只是对于这些，我却似乎没有一点在意，只要村里有什么事想到了我，我都当成义不容辞、天经地义。完全不像在深圳，如果小区哪天停水停电，下一场大雨，刮一场台风，政府的主管部门没有及时发个通告什么的，我都表现得耿耿于怀。

某天到南京，与一班朋友一起吃饭，聊到了与故乡有关的话题。有南京当地的朋友问我，你是深圳人吧？这让我犹豫了一会。深圳人？户籍或是故乡呢？最后，我回答，我是广东省雷州市人，就在咱们国家雄鸡似的地图鸡脚部位。深圳已养了我20多年了，给我一个温馨的家，一份体面的工作，一种令人羡慕的生活，雷州是我的出生地，但相比于更具辨别率的深圳，我愿意选择雷州。而由于雷州是我故乡，它便也顺理成章地变成了儿子的故乡。其实，我的祖上就是明代从南京搬到了雷州的，这一搬已过了好几百年。南京曾经是我祖辈的故乡，现在却已是这些朋友的故乡了。这事，我没有与在座的朋友们说起，我说起来，他们肯定也是当成一个笑谈的，因为我无论从神色肤色，还是行为习惯，一看就是岭南人了，是一个真真切切的雷州人。

每种植物、动物，也都有自己的原生地。比如茄子原产于印度，玉米原产于南美洲，大豆、粟、花椒等植物原产于中国，袋鼠多分布于澳大利亚和巴布亚新几内亚等地，熊猫为中国所独有。它们的故乡都以文字的方式记录在册。尽管它们有的已在他乡活上几百年、上千年，但关于故乡出处的记录却是一点都不含糊。买回来的一块新疆玉、一块寿山石，无论怎么刻，怎么换了模样，行家里手一看，都还是可以认定它的出生之处。相较于植物、动物，甚至一块石头，人类似乎更加善变，仅仅几百年，我的先辈已换了好几个故乡了。就雷州而言，它原为古越人的故乡，现在却已属于我，我又将它交给了自己的儿子，儿子也欣然接受了。

苏轼曾在《定风波·南海归赠王定国侍人寓娘》中写道"此心安处是吾乡"，在我看来，这也只是一种生活的态度而已。世事如棋局，有时总是身不由己。只是全国可以建很多座苏公亭，可以修36处，甚至是更多的西湖，但眉山却只有一个，它说这里是苏轼的故乡，估计没有任何一个地方会提出异议的。故乡就是这样独有的。

光伯是我的邻居，他说，自己活了一辈子，从来就没有人问过他的故乡在何处。他在这个村子里活了70多年，从来没有离开村子，小时，大人们问他是谁的儿子？老了，年轻人问他是谁的爷爷或父亲？你故乡在哪呢？这句话其实可以问得非常庄重，那样一个被你认定为故乡的地方，除了可以安心，更会摄魂。

把一个地方住成故乡，需要多久呢？我曾经请教过一些人，没有谁给出标准的答案。我想，在我活着的时候，估计是看不到了。

故乡的番薯

　　春雨绵绵中，一批成长于故乡自留地里的番薯被锄头一个个从温润的泥土中唤醒。秋日落地，春日回阳，这是南方番薯与大地亲密交流的轨迹。

　　地是自家的地，番薯却是老家的伯母所种。为了传递深情的牵挂和浓厚的情意，一麻袋番薯从家乡雷州市善排村坐三轮车出发，先是到我们村子所在的南兴镇，又从南兴镇坐上长途客车，辗转500多千米来到深圳。我驱车把这袋番薯接回家中，母亲迫不及待地将番薯洗干净，放进锅里，约半个小时，一盘裂开嘴香喷喷的番薯被端上来，真的是粉而甜，甜而糯啊！母亲和父亲边吃边笑着，那笑容像我记忆中的番薯花，虽不起眼，却是那样茂盛。他们不停地赞叹着，这就是当年的味道，这才是真正的原生态食品。母亲告诉我们，伯母为种好这一季番薯，给番薯施的全是有机肥，似乎就想证明，来自故乡的味道，那香那甜，都是朴素且发自内心的，独一无二。

　　把番薯种到瓶子里，任其生出蓬勃的叶，长成一帘绿色，这却是受好友的启发。那天，好友在朋友圈里晒了在自家书房一个玻璃瓶里种出的番薯苗，据说，这棵番薯他已经种了三个春秋。看他拍的相片，这哪里是一棵薯苗啊，简直就是一幅浓墨重彩的水彩画，紫色的薯藤，绿色和淡黄色相间的叶子，相互纠缠，既呈现生机，又藏有诗意。如此诗情画意，我是记在心上了。

这天，母亲又在阳台一角挑番薯，准备送到锅里，我看到一个已经发了芽，便让母亲给我留下。我要带回单位去，要种番薯了。

水乃生命之源，水润万物。我把水像泥土一样装进玻璃瓶里，满满一瓶。薯块的五分之一泡在水中。母亲对我说，只要根长出来，番薯就算养活了。这让我对此甚是期待。每天早上我都要看看薯块上是否有根冒出来。直到一周后，当我看到第一条银白色的根从薯块中挤出来，像一条尾巴在水中摇摆起来的时候，我才舒一口气，心头忍不住一阵欢喜。薯根越长越多，越长越快，不曲不折地伸长着，倒有点像南方的榕树根，一条一缕，却是清晰可见，洁白而纯净。

紧接着，又有一个个新芽从薯块上翘起来，嫩嫩的，每片嫩芽似乎都是一张笑脸，尽管娇柔，却饱含真情。

20世纪80年代前在农村长大的人，对番薯叶或许都有共同的记忆，那时的番薯大多用于煮番薯饭。而到如今，连番薯叶已是城市人餐桌上的环保菜。这不由让我想起农村的岁月来，那年月的我们是如何也不敢想，番薯会有如此"尊贵"的待遇。

番薯叶长出来，一间陋室仿佛都抹上新的色彩。一片片苍绿的番薯叶顺着不断伸长的薯藤，长得认真而有序，像小孩儿伸出的小巴掌，让人忍不住想轻轻抚摸一下。枝上有枝，枝而不蔓，每片番薯叶被一枝枝叶柄举着。同一棵番薯上长出的叶子，形态各异，有的呈裂片宽卵形，有的三角状卵形，有的就像一颗心。叶子越长越密，紧随着时光，南方惯有的艳绿与北方秋季同步的黄，就这样结在了同一藤枝上。经历风霜，整个瓶子也就变成一幅画，这与好友家的已有几分神似。有同事经过我办公室门口，站在远处好奇地问那是什么花时，我总会笑着让他们先看看，最后他们也都忍不住笑，怎么这么像一枝花啊？

一个来自故乡的番薯，因为一份机缘，而得以存活，并像花一样活着，让故乡的味道，在异乡散发开来，既喂养我的目光，也温暖了我的情思。有时我在想，那叶柄上举着的或许就是一个农家子弟的前世，尽管不是花，来到一座陌生的城市，便也努力地生根，像花一样绽放，没有那份娇媚，却也多一份随遇而安。

玻璃瓶种上了番薯，自然成不了薯田，因为番薯属于根茎植物，薯块其实就是根的一部分。但从一个供人果腹的农作物到一盆赏心悦目的风景，番薯已换了角色。

换了角色，同样活好，让叶子像花儿一样绽放，这或许也是我们所需要的生活。

在城市的隧洞中穿行

仿佛进入了地下，人与人之间的距离和相互的来往便自然少了摩擦力。一名住在离深圳市宝安区有 40 多千米远的表亲，不时打来电话说，过来坐坐嘛，地铁口就在我家楼下，便捷啊！我所居住的宝安区勤诚达花园楼下也有深圳地铁 5 号线经过，因为有地铁洪浪站和灵芝站的存在，"双地铁口楼盘"便成了项目开发商大肆宣传的一块吸金招牌。"两点一线"的交往似乎都是这样的简单直接，我这里要写的"一线"便是穿行于城市地表下的地铁隧洞了。

与深圳地铁的第一次近距离交流可以追溯到 14 年前，那时我在一家单位负责文秘兼宣传报道工作。经过了数年的磨练，当年的我在业务上已属让人放心的那一类，只是单位里的领导和同事从我认识的那天起，工作岗位似乎就没有多少变动，真是"铁打的面孔，流水般的岁月"。单位的温暖让我对"温水煮青蛙"的生活，更加心生恐惧，总担心在哪一天，自己因守不住变老的时光，而成为那只浮死在水面上的青蛙，由此便也萌生换个环境继续工作的念头。读建筑专业的同事小春考进了深圳地铁公司，他不时给我发来了一些地铁公司人员聘用的信息，我便也多了几分了解地铁的冲动。地铁公司最终没有去成，我倒是因此学习了挺多与地铁有关的知识，似乎也认识了一批繁忙在地铁一线的人们，每次坐地铁看着身着工装的他们，虽然彼此并不相识，但却很像自己的同事，熟稔而亲切。

《愚公移山》是战国时期思想家列子所创作的一篇寓言小品文，说的是年近九十的愚公苦于山区的阻塞，出来进去都要绕道，决心挖平家门口险峻的大山，而带领一家人不畏艰难，坚持不懈，挖山不止，不过最终大山也不是愚公一家挖平的，因为他们的行为感动了苍天，天帝将山直接给挪走了。在大山挡道的时候，除了搬走它，或者绕道而行，其实还有一种方式，那就是从山的肚子里掏出一条隧洞。

地球人为解决居住生存问题而挖隧洞，该是遥远到无法考证时间的事了，但因地铁建设而挖隧洞，却可以从百度上找到答案。1860 年，伦敦一条长 6 千米的地铁开工，并于 1863 年 1 月 10 日全线通车，这就是世界上首条地下铁路系统——伦敦大都会铁路；1965 年 7 月 1 日，我国第一条地铁线路北京地铁一期工程开建，并于 1969 年 10 月 1 日运营；深圳的地铁梦想生发于 1992 年，深圳人坐上自己城市里的第一条地铁却是 12 年后，2004 年 12 月 28 日，深圳地铁一期工程正式开通运营，深圳地铁运营线路现总长已超过 300 千米，覆盖了全市各区。有朋友来深圳看我，曾感叹道："怎么感到深圳没有传说中的那么多人啊！"只是当她在上下班的时间段挤进深圳地铁时，终于认识到自己的判断存在如此大的误差。到了今天，深圳地铁的日客运量已达到了 500 万人次了，太多的深圳人习惯了城市隧洞中行走的方式。城市的道路似乎每天都在想方设法加宽，但怎么也跟不上机动车的增长，开车常让自己的心堵，也是给别人添堵，地铁因此便也成了更多人的选择。可想而知，当 500 万的人流像一股股涌泉般在 200 多个地铁站的出入口冒出地面的时候，那该是怎样的沸腾啊！

　　地铁像蚯蚓一样耕耘在城市地表下，伸到了我家楼下，但对我来说，坐地铁的机会却着实不多。上班的地方离家仅有两千米路，走路或者骑单车，就比开车自在和舒服多了。这里属于有着1700多年历史的宝安县老城区，走出小区，沿着公园路走上一段，转上兴华二路，就可以到达所在的单位。只是无论开车或者骑车、步行，都无法避开那一棵棵为我们庇荫挡阳的榕树。这是南方最普通树种，它落地生根，百折而不挠，合力支撑起了一片片绿意和清凉，由此便也撑成了一条条风景线。在我的印象中，榕树的一生都是那样地矜持，从小胡子到长胡子，到落地成林，被植种于路的两边后，开始都在暗暗各自发力，各长各的，长着长着，便从高处抱在一起了。这倒有点像一对对青梅竹马的恋人，更小的时候只是相互观望和彼此欣赏，后来有情人终成眷属，变成了一家人。

　　远远看去，一条条植上了榕树的路便犹如一条条穿行于城市钢筋水泥间的隧洞，这让我尽管少坐地铁，却不缺乏在隧洞中穿行的感觉。尤其是雨后或清晨，路上雾气轻如羽衣，从低处往上蒸腾，远处的景色被一团团奶白色所弥漫，若隐若现，飘逸曼妙，仿佛这路漂浮起来了。某天，刚下过一场雨，我坐车从广深的同乐关检查站出来，行走在宝安大宝路上，我欣喜地将这幅充满诗情画意的风景拍下，发到了朋友圈，居然惊呆了一批批住在宝安新城区的同城人。在宝安的新安路、兴华路、大宝路、公园路、上川路，有了苍翠欲滴、弯而不屈的榕树，哪里还缺少这样的景色呢？在一些新建的城区，楼房连着楼房，一望无垠，看似冠冕堂皇，却是少了风景。这一路的榕树离我是那样近，我几乎每天都要与它们见上几面，它们默默地看着我一天天成长，越来越像我的亲人。

　　某天到了南京的老城区游玩，同样看着那一路路的梧桐树，尽管城不同，路不同，树不同，但它们却是用了同样的姿势生长着，勾搭着，让我不由自主地想到了宝安那条条由榕树搭建起来的隧洞。这是一种情感的演绎，可以牵引人的思想，点亮着人的心路。一条条因树而成的隧洞，体现了一座城市的厚重度。尽管它们有千样的不同，但却拥有一个共同点，那就是时间的宽度，前人植树，后人乘凉，所有安静的邂逅都需要足够的光阴耕耘。

近日，一场号称世纪风王的"山竹"台风，改变了很多城市长起来的面貌。大风过后，一些树依然坚挺，一些却已是东倒西歪、叶散枝断。一场强劲的台风，让我们看到了一棵棵大树遮掩的楼面，也认识到成长既要叶繁枝壮，更要根基蒂固。有些树尽管貌似强大，却是在台风前不堪一击，看着它裸露出的根系浅短，只是附在地表上，你就会明白，为什么一场风可以将20年，甚至30年树龄的大树连根拔起。台风将树吹开，让我们看到了楼房及道路原来的模样，也教我们吃一堑，长一智。大自然每天都在用自己的方式给我们的启示。

修建地铁，这已成为老同事小春一生的事业，他也是行业的一名专才。他常笑着对我说，虽然咱们少有联系，但你看到深圳地铁，就会感知我就在你的身边。一条条地铁线像一座城市的脉络，其中蕴含的生机与力量，已经融入每个市民的生活当中。这话我记住了，而且常常看着那一棵棵榕树，也会不由自主地想到他。

家附近那被台风打歪的榕树很多被重新挖了一个更深的坑种了进去。这样的一条条由榕树搭起来的隧洞还会在宝安的老城区继续延伸着，就像我们的生活一样，尽管有时也会碰上挫折，但伤痕愈合，便会继续下去。

一棵树的成长

很久没有这样留意过一棵树了。

在 12 万平方米的宝安灵芝公园，榕树算是最普通的树种，没有红杉树的高大，没有美人树的娇美，没有凤凰树的鲜艳，没有棕榈树的优雅，普通得就像一张张在公园里跑步、散步、耍武术、跳广场舞的面孔。因此即便从面前闪过，或者转了一圈弯了几道又闪过，彼此间最多也只是一个礼节性的微笑，或干脆像风一样直接而随意地飘走飘远了。

新搬到一个叫勤诚达花园的住宅小区，这里虽然也叫花园，但感觉更像一座花圃，里面花花草草在有限的空间里相互挤压着，站在高处的阳台往下一瞄，一眨眼便可将这花香草色扫入眼中了。现在的楼盘大多以花园作为后缀，以示其雅致。倒是与小区一路之隔的灵芝公园，花开得热烈，草长得激情，真正扮演了后花园的角色。勤诚达花园的开发商没有少对这个天然氧吧大肆宣传。其实灵芝公园与它并无丝毫关系，但傍上了沾上了，这便也是缘分所致，难于改变。

那天是周六，睡了一个懒觉，起床时太阳已爬了很高，钻过厚厚的窗帘，投到床前的几缕阳光，一眼就感觉出它的力量。我突然想到公园走走。灵芝公园离我是那么的近，我的睡床与它的直径距离也不过200米，但却又那么远，好几个月了，我也只是在晚上散步的时候去过三两回。这算是很多年后又一次在白天走进这座社区公园。

视线在阳光下，畅通无阻。灵芝公园里绿草如茵，绿树成荫，落英缤纷，相映成趣，早练的人流熙来攘往，如过江之鲫。榕树站立在公园环形道的两边，树枝相互纠缠着，从远处看去，像一个天然的拱门，不断地将人们一批批地从这边吸了进去，又从那边一拨拨地吐了出来。我被来回倒腾了几回，汗流浃背，便想找个清凉的地方稍作休憩。

公园里，大道连接小道，小道依着环园道，就像盘根错节的榕树根。我径直往不远处一个大树荫下走去。一把石椅端坐在一棵榕树下。石椅想来也有了一些光景，好像打磨过一样，只是游人似乎不太喜欢坐在这里，上面的灰尘如特意涂上了一层粉般。榕树都长着差不多一样的面孔，但眼前的这棵树却突然挑动了我的记忆。一把眼熟的石椅，一棵似曾相识的榕树，一下子跳进了我脑海中。它怎么长这么高了！这不是我20年曾经照相留影的地方吗？

初访灵芝公园已是20年前。当时有朋自远方来，我便带他来到了宝安当时不多的"景区"灵芝公园溜达溜达。公园与我原先工作单位仅一墙之隔，尚初建。就在这块石椅边，我们留下照片一张，记录"到此一游"。而这棵作为我们背景的榕树也是刚从其他地方移植至此，个子才两米多高，叶子稀疏地铺在我们的背后，与我们站在了一起，记录了一段风华时光。

眼前的这棵榕树，却已是华冠如盖，高大而雄健，枝繁而叶茂，气根千丝万缕，有的在风中晃荡，有的则已直插地面，自繁成枝，展示着超凡的生命力。它枝干交织，根枝相连，想来已是多代同堂，相敬相爱，在石椅的周边建立起了一个榕树村落。

时光一晃20年。一棵榕树，曾在我的记忆中像风一样飘过，但由于一次不经意的遇见，突然又飘回来了。抚今追昔，挺有意思的，假如我没搬到灵芝公园附近居住，假如不是重返此地，或许我们就不会重逢。时间清洗了多少往事，也让多少生命夭折，这棵榕树因为活着，从而才可以出现在我的思绪中。如此看来，一棵成长的植物，要活在别人的记忆里，它首先须用自己的身体坚强地树起了一座碑。

公园里的每一棵树，都长着一双眼，在偌大的公园，自然阅人无数。因此站在这棵榕树的面前，尽管我心潮澎湃，但它却是平静如初，眼神如一，怕是它记不得我了。对于它来说，我也许只是一阵在公园里路过的风吧。风吹过了树，也吹过了行人，树总在那里，我却是要走的。

《管子·权修》中有论："一树一获者，谷也；一树十获者，木也；一树百获者，人也。"其意思为，培植以后一年就有收获的，是庄稼；培植以后十年才有收获的是树木；培植以后百年才有收获的，是人才。这棵树与我一别已是二十年，已到了"成才"的年龄。一棵树的长成，需要先天的好苗，离不开阳光、土壤、水分，也需要后天的精心养护，其实最重要的还是自身有一颗坚强的心。福州 森林公园一株"榕树王"，树龄已有数百年，它树冠遮天蔽日，盖地十多亩，筑成了"榕荫遮半天"的景观。可以想象，要成为榕树中的"英才"，是需要上百年，甚至几百年的修炼的，而绝非一个十年或者二十年之功夫所能成。

公园是季节的篮子，装着绽放，放着萧瑟，见证着时间的轮回。在灵芝公园里，种得最多的是榕树，它们长在园中，生在路边，让光阴爬上枝头，让枝干变壮了，树皮变粗了，平静地喷绿于远去的时光。如此众多的游人中，真正关注一棵树的却是不多。我也只是因为曾经的缘分，通过一张相片摇曳的记忆，才从时间的源头采摘到了一棵普通榕树的前尘往事。其实很多树都是这样默默地成长着，勤奋而执着。像芸芸众生，在一条远行的路上，都在拼命奔跑着，只因并不在意它，故而便没有看到或看清它的付出罢了。就像当年刚毕业时的马云，应该也普通如你我，如果不是阿里巴巴的成功，他或许也是公园里的另一棵普通的榕树。

一棵树成长了，可以为别人遮风挡雨，但它的成长与别人似乎又没有多大的关系。今天，我亲眼见证了一棵树的茁壮成长，心里添了欢喜，但我断不会天天跑到它的树荫下纳凉的，虽然有话说"大树底下好乘凉"。只是我与它的缘分却又就此无法割舍。

因为一张旧照片，我与一棵树有了关系，自然便会关心上了它的成长和未来，希望它有一个更好的前程，最好能像榕树王一样，添枝加叶，子孙满堂，名扬天下。我的牵挂和祝福，榕树是不知道的，或许它也不想知道。因为我在它的心目中，可能只是公园里吹过的一阵风，就像我所关心的好多人一样。

一叶莲

旭日初升，晨光被早风吹散开来。我走在上班的路上，轻柔的光质围拢着我，也围拢着路上一双双匆忙的脚步。

一叶莲比我们都起得早，在光线穿透窗玻璃的一瞬间，它就醒了。在不大的办公室里，它静卧在柜子上面的一个玻璃瓶中，以一袭墨绿等待着我的到来。

对于莲花，我自小情有独钟。唐代诗人郭震的《莲花》写道："脸腻香熏似有情，世间何物比轻盈。湘妃雨后来池看，碧玉盘中弄水晶。"诗中先写花，后写叶，用湘妃的美丽衬托荷莲的美姿，形象地表现了雨后莲荷的独特风姿与妩媚神态。在学生时代就耳熟能详的《爱莲说》中，宋代儒家理学思想的开山鼻祖周敦颐留下名句："予独爱莲之出淤泥而不染，濯清涟而不妖，中通外直，不蔓不枝，可远观而不可亵玩焉。"他通过对莲的形象和品质的描写，歌颂莲花坚贞的品格，借以表达了自己洁身自爱的高洁人格和洒脱的胸襟。故乡在南方，村子不远处就有大片的莲塘。"江南可采莲，莲叶何田田。鱼戏莲叶间。鱼戏莲叶东，鱼戏莲叶西，鱼戏莲叶南，鱼戏莲叶北"，这首汉代民歌《江南可采莲》，描绘了采莲的热闹欢乐场面，从穿梭来去、欣然戏乐的游鱼中，让人感受到采莲人的欢笑。每读到此诗，我总感觉到自己就是那池塘那莲叶底下其中的一尾欢快的游鱼。

莲花实为荷花。荷花是印度的国花，荷花之所以又称为莲花，或就与此有关。在所工作的深圳，每到了荷花飘香的季节，我都会不经意间想到了故乡的莲塘。深圳看荷赏莲最有名的地方是洪湖公园，我曾为此写了一篇散文诗《荷花开了》，"它或飞眼传情，或闭目塞听，以桃红色的语言，在翠碧的荷塘中演绎起一场情感大戏。荷香在荷塘荡漾着，斑斓迷离。这满满一塘荷花，看到的或许并不是最美的一朵，但已是眼前最动心的一朵。笑容，总常在不经意间收获"。我总希望有一天，能就近种上一棵莲花，可咏可赏，与高雅更亲，与故乡更近。

一年前的某个黄昏后，我百无聊赖，突然想到荷兰小镇走走。荷兰小镇肯定不在荷兰，就像说到中国城，一想就是在外国的地界上。小镇一词的英文为 small town，意为比城市小一点，远离大都市，但环境较为优美且居民不多的集中地。这里的小镇，其实是一个大卖场，挂上"荷兰"一词，估计你也能猜出，这是卖什么的地方了。春风吹美了大地，也吹艳吹香了荷兰小镇，这是跟着季节行走的芬芳，因此闻起来更加真实可靠。我不想买花，但还是一家家地逛逛。此时人不多，我的路过和询问都足以牵引店老板们的眼光。

突然，一个贴在水面上，貌似金钱草的绿色植物跃进我的眼眶，它姿态优雅，心形的叶子，就像缩小版的睡莲。老板看我感兴趣，迎上来说，这叫一叶莲，就养在这种小玻璃瓶里，一碗清水，一把淤泥，就可育出一碗出水清莲了。老板看我听得认真，兴致也上来了。他接着说道，你别看它现在只有一片叶子，好像无根无本的，仔细看看哦，它叶杆上可要伸长新叶了，再过几个月，还可以开花呢。我低下头，从瓶子的侧面往上面瞧去，果然有几片小芽已藏身于莲叶下面。这一际遇，让我颇有他乡遇故知的感觉，这不就是我一直在追寻的莲吗？真想不到，竟然在这里与它安然邂逅了。一问价格，15块一片。也怪自己的孤陋寡闻，这可是我第一次看到这种植物。我随手用手机网上一搜：一叶莲别名印度莲、水荷叶、金银莲花、白花荇菜，它原产地是热带及亚热带，属多年生浮叶性草本。这种植物生性强健，用分株法即可繁殖。

在我的办公室里就有一只与花店老板一样的玻璃瓶子。养好一棵植物，无外需要五个条件：适宜的温度、足够的光照、专业的土壤、定时的浇水、耐心的护理。在南方养莲，从温度上是肯定适宜的，但瓶子只能放在室内，每天虽然都有一次阳光斜照，光照却显稍有不足，在种养上，我更喜欢清水种植，这样更有观赏性。就这样，在办公室的窗前，一棵一叶莲坚强地安下了家。

就像一滴落进瓶子里的绿墨，一叶莲慢慢地舒张着叶子，打开纤细的根系，静雅地睡在水面，等待时光的唤醒、点活。在同一间屋子里，我们共享着一样的风、一样的光，打开同一扇窗户，看着同一条路，以及一样急驰而过的车辆和熙熙攘攘的行人从窗下穿过。一棵曾经陌生的植物，因为机缘巧合，似乎就是我的前世故友。每天走进办公室，我都会送上第一眼，送上一份关切。在玻璃瓶里睡着的，不是一棵一叶莲，而是一颗浮在水面上怡然自得的心。

一叶莲喜阳，需要充足的阳光和湿润的环境。阳光是另一种养分，催长着万物，环境是生命的温床，孵化着一段有思想的成长。它非常勤奋，总希望在我的面前长成一幅陪同季节一起行走的画，无论是窗外的风声、雨声、车流声，还是屋子里的读书声，它都听成潺潺流淌的水声，镶嵌于与流水一样行走的时光。故而当有叶片枯萎的时候，我便也一点都不惊讶了。因为只需轻轻地清理枯叶，保持水质的清澈，便会在不久的一天，看到一枝一门心思破水而出的小莲茎，以及一片盈而不溢的荷叶。

到了 7 月，便也到了芙蓉出水的季节。那天看着两支莲茎钻出水面，我窃以为是两片新叶，直到一叶莲用两朵小小的花蕊告诉我喜讯。这是我第一次看见这么动人的花，小小的，花冠白色，挺像羽毛，花缘呈流苏状，基部为五角星形，却甚是娇媚，让人怜爱。办公室里自然没有蜻蜓立上头的景致，便也无法从这绰约的身段中寻找唐诗、宋词以及各种散落的佳句，但可以听到伫立在瓶子中的声音。当我举起相机，用一张张图片记证它的绽放时，我突然觉得那花好像就是一张若有所思的脸、一张泛动着微笑的脸。它在用绽放的方式回报我的关切。这笑容是那么地真诚且朴素。也是这样的时节，故乡的莲塘荷花花开正旺，一片灿然。

生命之花的每一回绽放，都在告别前生。我们是在阅读世间一个个成长的故事中，感知着岁月的飞逝，这些，或许就因眼前一棵一叶莲，或者是一些与一叶莲同样成长着的生命。同一叶莲相处一年多，我似乎越来越像一叶莲了。像它一样若无其事，像它一样澄思渺虑，在一座偌大的城市里，在有限的空间中，挣扎着，开始没有根，慢慢就有了根基，脚下没有沃土，却还是在拼命生长着，吐着绿，散发着些许芬芳。

与芳为邻

推开阳台的玻璃门，一道道紫色的光芒顺着阳光的流向扑面而来。空气是凝固的，在一枝枝挺擎着的花葶上，我分明看到了一双双闪烁的眼神，热烈却不失含蓄，盛张又隐含诗意，这样的情景，是那几株长在阳台的蝴蝶兰所带来的清新气息。

兰花是国人最喜爱的花草之一，相传在远古的尧时期，已有人将野生的兰花植入庭院。在湖北钟祥，有一座高台被称兰台，据传因舜帝巡访至此，并在台下种下兰花而得名。一种花草的历史镶嵌进一个个美丽的传说或历史名人的行踪中，这多多少少有点像一个人春风得意后，就必然得在十八代之前找到一个威风的祖宗一样，不过这也足以说明兰花在传统文化中的超凡地位。

对兰花的赞美，大多离不开它高洁、淡泊、静雅等品质。李白有诗云：幽兰香风远，蕙草流芳根。梁宣帝在《兰诗》中写道："开花不竞节，含秀委微霜。"《孔子家语》中留下名句"芷兰生于深林，不以无人而不芳；君子修道立道，不为困劳而改节"。我亦喜兰，家里的阳台种了剑兰、石斛兰、君子兰、蝴蝶兰，它们与我比邻而居，就像我的亲人。究竟是因何而喜欢兰花呢？自己说不清，这倒有点像看到某人，仅看一眼，便情有所钟，或萌生厌意，喜欢就是喜欢，厌恶就是厌恶，终究也还是有些不明就里。

离家几千米处有一个花草市场，这里是真正的花花世界。最吸引我的，是一间叫香来早的兰花专卖店。店面不大，但里面林林总总的兰花就有近百种之多。卖花的小伙子一下子就读懂了我惊讶的眼神，聊起与兰花有关的话题，已是滔滔不绝。兰花过万种，仅蝴蝶兰就有数百种了。想来世间万物，皆循一生二，二生三，三生万物之理，这是自然界所演绎的道，现代栽培技术带给我们赏心悦目，以及一些意料之中，却又出乎意料的变化，常常将我们自己的感受带进别样的小胡同中。某天走进市场，突然遇到一种未曾谋面的果菜，不禁感慨自己早年的孤陋寡闻，殊不知，这东西在那年那月压根就未曾出现过的。不过，说来也是，世上蝴蝶亦有过万种，蝴蝶兰的品种还是没有蝴蝶的种类多呢。

蝴蝶是一种我们所熟悉的动物，它终其一生只有一个伴侣，常常被寓意爱情的甜蜜自由和生活的吉祥美好。这是一种昆虫的福分，一种植物因为神肖酷似，而得以享受了同样的礼遇，也算是另一种爱屋及乌吧。由蝴蝶及蝴蝶兰，民间早已准备了动人的传说。说的是在一座清秀灵毓的大山中，藏匿着一条如诗如画的山谷，一只孤独而寂寞的蝴蝶翩跹而至，迷恋这里的清幽美景，它在流星划过天际的某个晚上，许下了心愿，希望可以用一生守护这份美丽，并最终如愿化为幽艳的蝴蝶兰，一生守望峡谷。

兰花店里，摆得最多卖得最好的就数粉色或紫色的蝴蝶兰了，尤其是逢上春节或喜庆活动，更是卖得火爆。花解人意，只需简单的花容便可凝聚为无声的语言，传递一股股吉祥愉悦的气息，由此让观赏者萌生无数可以解读的喻义。望文生义，睹物生情，一朵朵盛开的兰花，就这样打开了历代文人墨客的思绪，让他们借花草抒情寄怀有了更为具体的理由。

我家阳台盛放着的正是紫色的蝴蝶兰。在百花齐放的春天里，它们选择了隐忍养精，相约与火伞高张的夏日，一同开启新的生活。这时的它们，已不是迎春花，便也不必谈什么报春、迎春、喜春的话题了。它们一枝、一枝、又一枝，悄无声色地拨动着自己行走的时间，在叶茎之间将花葶举起，高高的，一副慢条斯理、心不在焉的样子，却用一个个开放时的表情展示自己内心的炽热。一朵朵蝴蝶兰的绽放，让一间屋子刹时变得多彩和生动起来。每天早晨上班前，我都会到阳台走上一圈，在薄薄的阳光下，与花儿对视着，彼此探望和温暖。城市的喧嚣，让人或寄情于山水的悠远，或托付于花草的清雅。蝴蝶兰没有强烈的花香，但有微笑，这是另一种美，可以让你的陶醉发自肺腑。我留意到了，蝴蝶兰都是花开一串的，一朵一朵次第而开，最多的就有十多朵。有时看着它们，我都禁不住想起南方人常说的"多仔多福"的祝福语。谁知道在某一天，蝴蝶兰不会又多了一个"多仔花"的别称呢。

一盆花的开放可能是一种偶然，对于几盆花相约在阳台盛开，尽管我们已同居一室年余，但这仍让我感到非常的诧异。兰花真的靠养，从选择适当的花盆、准备盆土，到日常施肥养护，自然都需要下一番真工夫的，这是真切的付出。只是当看着这一朵朵热烈的蝴蝶兰像一只只蝴蝶一样俏立于枝头的时候，你所有的付出都将释然。一切存在的、出现的，都有合理的缘由，这当然也包括一朵开放的花。

邻居陈姐称赞，你家的蝴蝶兰开得真好啊！儿子露出神秘的神色说，陈阿姨，你知道这些兰花是哪来的吗？它们都是我爸爸去年春节后从楼下的垃圾桶边捡拾回来的。看着陈姐愕然的眼神，我禁不住笑了。儿子说了大实话。这些蝴蝶兰中的某一株，说不定就是同样爱花的陈姐所丢弃的。兰花们在人们迎春纳福的日子里吐出最后一朵嫣艳后，被陈姐以及其他邻居扫地出门，在即将送往垃圾填埋场的路上，遇上了爱兰的我，从而移植到我家的阳台，传续了生命，也让自己埋在心底的芬芳再次呈现。此时，站在花团锦簇的阳台上，人们常常聚焦于一事一物当下的华丽映现，却少有人问津它们的过去和心路。

人类是最大的垃圾制造者，享受得越多，废品便也丢弃得越快。应节随喜而开放的花卉，前几天还在接受眉飞色舞的赞美，转眼间已是见弃于人。以往春节过后，所居住小区的垃圾桶边，总会看到一盆盆被丢弃后堆积如山的年桔以及一些花花草草，想着它们将被活生生地埋进地里，令人无不感慨一棵应节植物是何等地不幸。只是让人欣喜的是，年花回收的告示，现在在年前就已贴在楼下的宣传栏中。至如今，邻居们日常丢掉的花草，以及垃圾废品也被要求放到了指定位置。因为尽管果蔫了，花谢了，但花盆是可以循环使用的，就是这样的一棵年桔、一株花，它们一旦有了足够的泥土和水分，便照样汲取养分，扎根吐芽，绽放一颗芬芳的初心。我们需要的是一颗耐心。

人间有起落，花草有枯荣，人生况味，抽枝展叶，吐芳纳艳，春去秋来。我们在告别着过去，所离去的，有时光，有情缘，还有很多不经意的丢弃，但谁知道，我们曾经毫无恋惜所抛弃的，会不会就是后天所苦思追寻的呢？

阳台上的一株株蝴蝶兰，在享受着快乐的时光，它们与我互为睦邻，情投意合。我觉得自己是那样地荣幸。真的，谁不想拥有一个心藏芬芳，可观可赏可闻可抒情可展怀，既养心又养学的亲邻呢？拥有这些，其实也并不难，有时甚至只是举手之劳。

理想有光芒

好久没与别人谈理想了，过了不惑之年，突然发现，年龄有多大，理想差不多也谈了多长。40 多年，在浩浩荡荡的历史长河里，也就是那么几滴水珠罢了，但对于一个普通人，在这个时候却几乎可以丈量他未来成长的最终高度了。

关于理想，算是一个老话题。小学三年级，老师就在一个个问我们的理想。我说，要当一名光荣的解放军，因为当时感觉最厉害的是军人了，一身戎装，英气逼人，而且那时《血染的风采》《十五的月亮》几乎是天天流过耳边，人人都有保家卫国、建功立业的血肉情怀。这么一说，搞得我那一年常常夜里有梦，梦中的自己骑着高头大马，腰别手枪，最大的时候还当上了营长，我一个同学，他叔叔已是连长，当时在村子里已是够厉害了。我的好多小同学志向更为远大，想当科学家的挺多，至于科学家具体干些什么，估计也没有几个人说得明白，反正是很高尚、很文化的工作。也有一个李姓的同学想当飞行员，大家都没有坐过飞机，只是听有个亲叔在机场搞后勤的另一位同学说过，飞行员每一餐都有鸡蛋随便吃，估计李同学是想吃鸡蛋想得发疯了，以致后来他听说，如果身上有那么一个很小很小的疤痕都当不了飞行员时，他有一段时间都神情茫然至极（因为他在前不久，不小心弄伤了手臂，留有那么一丁点伤疤）。有伤疤就不能驾机飞翔在祖国的蓝天了吗？这个问题我至今也没有答案。

到了小学毕业前，老师又让我们畅谈理想。我突然想着自己应该当一名作家了，那时，我的作文常常被老师当成了范文，县里的一家小报还刊登过我写的小文章，这对于一个乡村学校已属少有，老师都说我是作家的料，这多多少少让我踌躇满志。有一位曾想当工程师的陈同学此时已想着长大要当老板了。只因班上另一名同学家里开杂货店，虽然店不大，但却是显得挺富足，他常常带点好吃的与大家分享，一副老板模样，这让陈同学对当老板充满神往。陈同学的理想，自然引发哄堂大笑。现在看来，似乎陈同学是说了大实话，还颇有远见的，现在我们的周围，想当大老板的人大有人在，有些媒体上就常提到某某老板人生如何精彩，生活如何富足，胸怀如何宽广，书城里卖的书一大半都是讲如何赚大钱，如何成为李嘉诚第二。

上了中学，直至后来读了大学，发现老师已很少让我们直接在文字上写下自己的理想，或许老师也是这样过来的，知道多谈无益。倒是班主任和负责德育教育的老师常说，希望你们做个有理想有追求的人。大学毕业了，家里人与理想有关的想法也挺多的。父亲说，要找一份理想的工作，有份理想的报酬。母亲说，要找一名理想点的媳妇。理想又换了样式，但总在常随常伴。

什么是理想呢？为了写这篇文章，我还真的认真阅读了"百度"的解释。里面写着：理想，是对未来事物的美好想象和希望，也比喻对某事物臻于最完善境界的观念，是人们在实践过程中形成的、有实现可能性的、对未来社会和自身发展的向往与追求，是人们的世界观、人生观和在奋斗目标上的集中体现。这样看来，除了为共产主义奋斗终生这一全体国民的共同理想外，对未来更高的物质和精神的生活目标追求，也当为人生朴素的理想。理想化为现实，固然不易，但对现状永不满足、对未来不懈追求，让生活充满动力和源泉，皆属践行理想的行动了，应给予点赞。

学生时代，我也常常想自己未来将成为怎么样的人呢？学校门口有个算命的，我和同学陈灿经常结伴经过他的档口前，他看我经常主动且友善地向他微笑致意，便逗我们说，小同学过来免费算一卦。算命的大爷看我额头亮堂，手掌多肉，认为我以后不是当官，就是当老板。他看陈灿人长得精瘦，便说他往后应该是从事文化行业。现在看来，大爷明显是以貌取人了，我现在长得油头肥耳，但最终却既不当官，也不是老板，干着文员的工作，而陈灿却真的成了我们老家市里的领导了。只是算命的当时怎么说，反过来想想似乎也不错，因为他是说了，你有这个命格，还是要看你后天的造化。因为长成肉样，并不一定就能当老板，穿了文化长衫，不一定就是艺术家。造化的说法，说了也对了，但又等于白说。

都说理想很丰满，现实很骨感。距离谈理想的儿时已过了30多年，我终没有当成解放军，没有当成作家，更没有当成官员。干着一份平凡的工作，守着一个平淡的家，只是却也没有影响我们对美好生活的追求。想想也是，干一份平凡的工作，这似乎不是当初志向所在，但如能干一行爱一行想着做好一行，何曾又不是与理想的光芒一道前行呢？全世界的盐都是咸的，那酸甜苦辣的味道，想想别家应该也是一个样。

想飞的鱼

在办公室一角的一个文件柜上，放着一只玻璃鱼缸，圆形，不大，里面却水草繁生，葱郁丰美。拼着命往瓶子外面伸张的，是绿得光鲜的绿萝，藏在水里，一言不发的是水榕，一种来自台湾的沉水植物。正是这瓶子内外的相互辉映，让鱼缸更显一派生机。一条红宝石观赏鱼，则归隐于水草底下，它是我花了 10 块钱从鱼鸟市场买回来的。原先同瓶的还有 20 块钱一条的鸽子美人鱼和 15 块钱一条的神仙鱼各两只，但这条红宝石却威风而迅敏，想独霸鱼缸，见谁咬谁，其他几条鱼都被它先后弄死了。产品的售价往往是一件商品价值的主要体现，10 块钱的将 15 块钱和 20 块钱的都灭了，将我的 70 块一并灭了，这曾让我切齿痛恨。但又想想，这也许就是自然界的弱肉强食，适者生存，于是便也释然了。

办公室里能走动、说话和展示表情的，除了我和同事剑眉兄外，只有这条红宝石鱼了。我和老彭说着人话，谈生活、谈工作、谈理想。红宝石也是希望与我交流的，因此每次只要靠近瓶子，它都会主动迎上来，一副吞吞吐吐的样子，似乎满肚子的话。它要与我说什么呢？是要表达它的感激之情吗？这条鱼购买于前年的 12 月，恰逢某天夜里突然降温，只有 6 摄氏度，这是南方少有的冷天气。第二天一早，我看到了它被冻得气若游丝、奄奄一息。情急之下，我楼上楼下找同事借来了保暖袋，加温添暖，之后又跑去市场买回来了加热棒，终于让它转危为安、起死回生。这是一年前的事了，它还记得如此清楚？谁不曾受恩于人，谁不曾向他人伸过援手，很多芝麻小事，是不必挂齿的。况且我对它的帮助原本是有私心的。常言道，十年修得同船渡，百年修得共枕眠，我们共处一室已是一载有余，这是怎样的缘分了啊。人与人如此，人与动物也该同理。抑或它是要与我谈理想前程吗？红宝石属于热带鱼，它的故乡是汪洋大海，那里碧波荡漾，水天相接，渴望到大海去，回故乡去，这也是常人情结所在。红宝石说着满口的鱼话，我是一句也没有听懂。只是它那双眼睛在玻璃的衬托下，显得更加高凸有神，这样的眼眸已足以撩动我的心旌。我们相互对视着，这也是表达彼此关注的一种方式。

儿子也爱上了这条红宝石鱼，每次到我办公室玩，都会喂它鱼食，并会不时用小手在水面上来回引诱它。红宝石不时上仰，随着手指而游动。这真是一幅人鱼同欢的情景，小鱼以水草为背景，用一种轻快的跃动，点缀着我们的心情。突然，红宝石向前一冲，咬住了儿子的手，随着儿子的手在惊恐间缩了回来，它也在空中划了一道美妙的弧线，飞起来了。红宝石掉在地板上，胡蹦乱跳，似乎受伤了，我赶快把它捡了起来，重新放回了鱼缸中。儿子惊讶地说，爸爸，你这条小鱼还有飞翔的梦想啊！

出身于农村家庭的学子，几乎都希望有朝一日能够跨过独木桥，走进城市。读书上大学便是改变命运不多的路径。村里凡有哪位同族的学哥学姐高考高中，都会宴请族亲，言称"鲤鱼跳龙门"了。"鲤鱼跳龙门"典故的发生地陕西省韩城市，城东北处黄河峡谷中有一龙门，今称禹门口。《埤雅·释鱼》有述，"俗说鱼跃龙门，过而为龙，唯鲤或然"。

古代传说黄河鲤鱼跳过龙门，就会变身为龙。后多以"鲤鱼跳龙门"比喻升学、升官等飞黄腾达之事，也用作比喻逆流前进，奋发向上。能跃过去的，自然都成龙成仙了，吃得苦中苦，方为人上人嘛。更多鲤鱼是不能越过的，它们从空中摔下来，额头上就落下了一个黑疤。直到今天，这个黑疤还长在黄河鲤鱼的额头上。李白专门为此作诗一首："黄河三尺鲤，本在孟津居，点额不成龙，归来伴凡鱼。"其实会飞会跳的鱼还是挺多的，有一种"跳鱼"，可以跳离水面四至五米；生活在海里的一种飞鱼胸鳍特别发达，像鸟类的翅膀一样，长长的胸鳍一直延伸到尾部，整个身体像织布的"长梭"，能够跃出水面十几米，空中停留的最长时间是40多秒，飞行的最远距离有400多米。但无论它们飞得再远，跳得再高，落脚之处还是水。鱼缸的边沿不是龙门，跳过去，不是文件柜，便是硬邦邦的地板。都说鱼儿是离不开水的，那才是它们赖以生存的土壤，一条想着飞的鱼必定心怀梦想，但如离开了自己"土地"，那便终是死路一条了。

"白鱼入舟"也是一个我们所熟知的典故，说是的周武王在黄河渡口孟津会盟诸侯，准备举兵讨伐残暴无道的商纣王，在过河时，突然一条白鱼跳了起来落在武王的船上。商朝以白色为贵，白色代表着商朝的王权，鱼身上有鳞甲，与战士的甲胄有相通之处，而舟和周同音，合在一起解读，就是商的军队要归周了，商的天下也要属周了。白鱼入舟后用比喻用兵必胜的征兆，也形容好兆头开始。红宝石全身花纹，姑且叫它彩鱼或者花鱼。"彩鱼跳缸"在我这边自然解读不出什么预兆。但对于这样一条鱼来说，如果没有足够好的体质，它是无法跳出来的，比如小金鱼，它怎么跳呢？而且从一米多高的地方摔下，如果它不是身子骨硬，估计也是命归红尘了。预兆之说，大多是后人特意为成功者所杜撰，但存在当为合理。一条白鱼能预见商周两朝的未来，那是因为它本来是白色的，而且可以跳到周武王的船头。一只小鱼不甘受制于小瓶小缸，追求更为广阔的湖海，首先你能跳得起。

只要认真观察，便可发现，其实在每一个河沟或池塘的闸口处，都生活着一批决意飞越的鱼。它们听着水声，辨别着水的流向，待时而动。水都是往低处流的，从小溪到大河，由大河及大海，那是每一条鱼的梦想所向。但却不是每一条鱼都可以幸运的到达大海。因跳过去的时候，迎接他们的也有可能就是渔人的网。这倒有点像我们现在的创业，那是怎样的浩荡，怎样的前赴后继啊，有太多人失败了，但总有少数的人最终成功。海阔任鱼跃，天高任鸟飞，那都是对成功者而言的，因为他们坚持了腾跃的冲动和翱翔的梦想。

办公室的玻璃瓶子又恢复了往日的平静。红宝石鱼又像以往一样欢快地游动。当我再一次与它对视时，我感觉它在自信地微笑着。它是在准备着下一次的飞翔吗？那次生死经历它似乎忘记了。或许，它在想，上次不能跳入大海大河，那是由于时机不对，落点不准所致。绿萝和水榕平静地看着、听着，欲言又止，它们已习惯了安分守拙，自然不会跳出去的。因为所有义无反顾的尝试，都是需要代价的，甚至会付出生命。

阳台传来鸟鸣

好长一段时间了，总有一阵叽叽喳喳的断章短句，不经意降临我家的阳台，扰糊我的晨梦。几只小麻雀自作主张，把我家的阳台当成了它们的活动空间，在此时开始了自己的晨练时间。只用几声鸣叫，几平方米大的阳台便有了公园的缭绕。

宝安灵芝公园与我家只有一路之隔，那里绿草如茵，树繁花艳，是居民晨练的好去处。公园里一棵棵宽厚的榕树，像一把把天然的保护伞，在城市有限的空间里向这些幼小的生命撑起了庇护之所。一个个树洞、一条条树丫便也成为麻雀们的家。12 万平方米的公园，无论是林间小路上人们急促的奔跑，还是此消彼长的广场舞音乐声，小麻雀们似乎已是司空见惯，它们在林间、草地唱着、跳着，向我们传递着一份快乐和自由。每天，只要在公园里散步，听到它们欢快的鸣叫声，我心里都会涌起一阵阵的欢喜。

麻雀算是我们最熟悉的鸟类了。在乡村生活的记忆中，它们以屋檐、墙洞为家，常常几十只、上百只地聚集在一起觅食、打闹，时时在田间和晒谷场上，与人类争夺起口粮。我曾无数次在稻田中竖起一个个稻草人，无数回亲自守护着晒谷场，扮演起了粮食保卫者的角色。现在倒好，我们一起进了城，却像两个斗了一辈子的武林高手，堪破纷扰，惺惺相惜了起来。

小麻雀的连续造访，成了我们家里新鲜事。它们像约定好一样，在清晨6点多钟，从公园飞到了我家的阳台。来了，又来了！儿子兴致勃勃地招呼着我们。大家憋住气，蹑手蹑脚地透过落地窗纱的缝隙，饶有兴趣地看着小麻雀们在阳台的花盆以及护栏上打闹着、弹跳着。小麻雀们说着自己的话，每一句都是轻描淡写，但又洋溢着欢快和愉悦。

儿子浓墨重彩、刻画入微的讲述，让邻居家与他同龄的小同伴听得津津有味。我对他们说，或许小麻雀就曾去过你们家阳台的呢？听了我的话，他们还真的也早起了，偷偷猫在自家客厅一角，期待一份惊喜的到来。不过他们最终还是失望了，那一幕情景并没有出现过。在世间的交往中，我们的快乐很多时候都是建立在别人快乐的基础上。几只小小的麻雀，因为自己的随性，此时竟然扮演起人与自然和谐交往的使者，也成为传递快乐的起源。

儿子问我，这些小麻雀在我们阳台上停留，是因为肚子饿，来这里寻找早餐吗？想到公园里的好多麻雀并不怕生，我随口说道："你或许可以在阳台撒点米试试哦！"这天清晨，他真的抓起了一把米，打开阳台的落地窗，向麻雀玩耍的空地撒了过去。只是儿子的好意，小麻雀并不领情，随着一声声鸟笛吹响，一个个惊慌失措的身影已是消失于云霄。我们始终不明白，一群看似神态自若的小麻雀，内心藏有这么多的不安和顾虑。

阳台已是恢复了往日的平静。我却怅然若失起来。我的生物钟似乎就此改变了。每天清晨6点，我都会醒来，希望再次听到阳台传来的鸟鸣。

附近的宝安公园，我还是常常去散步的，看到几只麻雀就在前面的草地上打滚，用一种似曾相识的眼光打量着我，我都想着它们或许就是曾经在我家阳台上停靠的几只。是它们吗？我希望是，其实我也知道，肯定不是它们。

我不是吃素的

我不是吃素的。所有认识我的人，都知道。

也许是自小就喜欢阅读《水浒传》连环画的缘故，梁山好汉们大碗喝酒，大口吃肉、大快朵颐，不是在享受大鱼大肉美酒，就是在奔向吃喝玩乐下一站的路上，过着快意江湖的生活，让少年的我羡慕不已。尽管小时候胃部少有鱼肉的滋养，但这并不影响内心对玉盘珍馐生活的追求和仰望。在那个一日三餐难有几片荤腥的年代，吃饱喝好那是多么幸福的事啊！

若时光倒转，不吃素，有肉吃，这该是很多很多代国人的梦想了。《礼记·王制》："诸侯无故不杀牛，大夫无故不杀羊，士无故不杀犬豕，庶人无故不食珍。"在《孟子·梁惠王上》里，孟子所期待的理想社会，就是普通老百姓到七十岁可以吃到肉。"我不是吃素的"，据说此话出自大清的御膳房，每年开春，皇帝亲领文武百官行籍田礼于先农坛，前来祭祀的官员们都能吃到水煮的白肉，一些剩下的水煮肉也常常会分赏给宫里的太监、宫女们，而能吃上这种肉的，也就不是"吃素的"了。一句"我不是吃素的"，都足以说明一个人的江湖地位。

踏入不惑之年，日子已是日渐滋润，曾经感慨自己有幸生在一个好的时代，可以买自己所想买，吃自己所想吃，天天不吃素，算得上已了多年夙愿。只是令人不安的消息却在不经意间从一张薄薄的体检表喷薄而出，字里行间，自己各种身体指标，已因饮食上的不节制而频频面临爆表，不是这里超高，就是那里偏低了。看着我不安的老脸愁成苦瓜，医生笑着说，这是富贵病，多锻炼，荤食少沾口，吃素保健康。这时总算顿悟，人要活得有味道，有质量，不仅要吃饱，更要吃好。一个"好"字令人怎生了得呢？

吃素，原指不吃鱼肉等荤腥食物。少时居于乡里，一听说某人吃素，第一感觉必是此人所吃的与咱们不是同一道人间烟火，其人不是出家人，就是怪人。及至走出乡村，添了见识，始知荤食与素食一样，都是一个人饮食的需要和习惯而已。而家喻户晓、妇孺皆知、大名鼎鼎的吃素名人原来还是出奇的多，既有本土的孔子、孟子、孙中山等，还有他国的爱因斯坦、牛顿、爱迪生、柏拉图、苏格拉底、莎士比亚、富兰克林、托尔斯泰、伏尔泰，等等。爱因斯坦在自己的日记中就写道："我现在的生活没有动物脂肪，没有肉，没有鱼，但是感觉良好。好像对我来说，人生下来并不是为了成为一个食肉动物。"孟子言："君子之于禽兽也，见其生，不忍见其死，闻其声，不忍食其肉，是以君子远庖厨也。"一个人吃素，可能因信仰，也可能为漂亮或健康。而医学上则认为，吃素可以减轻体重，不易得心血管疾病，可以降低血压、降低患癌概率、降低患糖尿病的风险，能改善消化功能，预防骨质疏松，使人精力充沛，还可以调理新陈代谢，延缓皮肤衰老。这由素食所带来的诸多好处，无不彰显了素食所带高的幸福指数。

在我老家雷州半岛，一年当中总有一天是要吃素的。大年三十晚上，母亲早已将腐竹、粉丝等用清水泡软，青菜也洗得干干净净，豆豉、姜丝等配料备好备足，这些都是为大年初一早上要做的一道素贡菜所准备的。凌晨，天蒙蒙亮，村庄就被一阵阵兴奋的鞭炮声唤醒了。素贡菜在供奉祖宗后，又端到了饭桌上，一家人团团围拢在一起，感受团圆饭以外的又一次和睦致祥、合家欢乐。其实，大年初一吃素，除了风俗习惯的原因外，从饮食健康上来说，也是有科学道理的，因为经过年前几天的大鱼大肉生活，是该让胃清净一下了。一个人的身体，也是大千世界，饮食之道，同样也在演绎世间杂事。一代代人似乎都在为"不吃素的"的理想而努力，孰不知，最终还是要活在素淡调和的现实生活哲理之中，这才是生活的真谛。

我不是吃素的。这也是我们常有耳闻的一句口头禅了。只要听到硬邦邦的一句话"我不是吃素的"从我嘴中说出，你就应该会感受到我脸上肯定已表现出来一股戾气和冲动了。某天某人因某事，一而再，再而三，让我实在忍无可忍，我撂下这句狠话。此话有两种作用，一可给自己壮胆，二是广而告之，自己也不是好惹的，不是随便任人拿捏的茄子，还是有那么几刷子的。动物中，大多食肉的，如狮子、老虎、狼、豹等都是非常凶残的；而吃素动物，多以青草为食物，如羊、牛等，便也温顺得多。不过，最后的事实也证明了，如果你只是一只小羊羔，被人逼急惹毛了，再怎么强调自己不是吃素的，你还是吃素的。

一个人是不是"吃素的"，这显然不是自己说了算的。敲锣卖糖，各干一行。从唐代所列举的三十六行到后来所言的三百六十行，其实行行都出状元出能手。这些人常常因为在某行某界开宗立业或声名显赫，总之是实在太厉害了，因此才会被时人暗地里说"这人不是吃素的"。汉代的东方朔因幽默诙谐，机智过人，善于调笑娱人，因而被奉为相声界的祖师爷；唐代的陆羽潜心研究茶道，被视为茶圣；元代的黄道婆，传授先进的纺织技术，广受景仰，被尊为布业的始祖。这样的江湖地位，想必都不是吃素的。至今日，像比尔·盖茨这样的行业佼佼者，也当算"不吃素"之列了。从古时的华山论剑，到今日的百家争鸣，都是为了证明谁的功夫更了得，谁"不是吃素的"。

一个人要成为"不是吃素的"人，这倒与是否吃素没有关系了，流淌的时间和过硬的质量才是最好的试金石。某天，与深圳齐善食品有限公司的总裁普宏钢先生共进午餐，我们一边吃着这家公司生产的素食，一边就企业的经营问题进行探讨。这家企业在素食行业深耕三十年，是中国国内首家，也是目前最大的素食工厂，算是行业佼佼者，当属于"不是吃素的"，他们员工不但生产素食和卖素食，而且卖思想、卖情怀，但我却是更留意一个细节，他用来佐餐的就是自己生产的素食，吃得坦然而自在。敢于用实际行动证明自己"不是吃素的"人，都是那样让人敬仰。

我不是吃素的，我要实现一个"不吃素"的人生。在尘世上，很多人都是这样抱着理想奔忙着。一个人如此，一家企业如此，做人如此，做事亦当如此吧。

第三辑　与光阴同行

丑人钟国康印象

知道钟国康这个名字，了解到自己家乡还有这么一个篆刻怪才，源于传记作家、老乡陈文所写的《最丑的那个人》一书。《最丑的那个人》是陈文操笔，据称耗时 3 年，但润笔费肯定是钟国康掏的，因此说其是丑中之最，必定是经钟国康本人同意的。

站在深圳茶世家门口的钟国康长相确实不算惊艳，他胡子稀疏，一袭黑衣，头发长且杂乱得挺艺术。著名作家贾平凹曾说钟国康："用一条线绳从领口拉挂在腰间，他说有这条线绳就生动了，其实拴着一个手机。行走飘忽，有鬼气。"

书画名家薛永年直称他为岭南奇人，"室内戴墨镜，赴宴着短裤，衣襟之墨痕印色赫然，手机之长绳春蚓秋蛇，似若不修边幅，而实寓设计意匠"。那天，钟国康额上没戴上那副招牌墨镜，腰间也没有被他戏称为"天线"的挂手机的绳子，这让我对他的第一印象明显感到缺憾。以往读过他写的一篇微信短文，说马云长得并不比他强，但却和蔼可亲，花见花开，人见人爱，有这么多人想亲近他。想想这便也不怪了，长得丑就要多读书、多流血、多流汗、多流泪。自认长得丑的钟国康或许正是因为有自知之明，想着成功之路需要策驽砺钝、跋行千里，于是在艺术的追求上便用上了99.9%的时间和心力，因此终成篆刻大家。

古时称喝茶的地方叫茶馆，深圳茶世家既是喝茶的地方，也是钟国康篆刻作业、谈天说地、设坛讲经之所。深圳茶世家旁边加挂钟国康印馆，有点像一些政府部门，几块牌子一套人马。这里环境不错，人流进进出出，形形色色，如蜂如蚁，颇为兴旺，茶台上的水沸了又沸了，忙得旁边泡茶的小妹不亦乐乎。现在营生不易，差的恰是人气，有人在，说话都热闹点，有温度。对于这里热气腾腾且笑声不断的氛围，钟国康明显习惯了。这里属于他的地盘，他的笑声自然也很有个性，阳光晒人，气场强大。

广东省雷州市南光农场是钟国康的故乡，他是农垦二代职工子弟，并在那个"五湖四海"的汇集地里长大。说起农垦生活，他马上像打了鸡血一样，豪情万丈，他说"农垦"两字是他永远都不会消失的记忆，话语中一片深情。其实，彼时的农场生活是非常艰苦的，有个算命的说，钟国康在当年没有被饿死，全靠"国康"这个好名字庇佑，如果叫省康、市康、县康、镇康、村康或场康，他早就不知魂归何处了。我老家离他家也就几里路，虽然是首次见面，他也是客气有加，与我谈家乡，谈生活，谈理想，笑声不断。我对篆刻属于门外汉，只是虽然我们的生活和理想各不相同，却各有精彩，因此聊起来便很是投机。书中和巷间都有他用脚皮、头发等自制墨和印泥，搞得满屋臭气不散的传闻，因初次相见，也不便打听。只是那天，感觉到茶馆里的茶虽然很香醇，里面确实弥漫着一股怪异的墨味。直至他临别时送我一张特别篆刻的十二生肖书法，那幅字带回家，只要展开，都有异味溢出。贾平凹曾在一篇文章中写道，向钟国康求印者，一枚印两万，若讨价，就两万五，再讨价，就三万，还要讨，便起身送客了。钟国康印章、书法的润格都是以万元为单位计算了，这幅书自然价格不菲。

那天我是带儿子一同前往的，在颇具气势的茶世家门口，钟国康与我们合影留念，我本有意让他站在中间，他说："小孩的未来成就谁都想不到，未来之星站在中央更合适。"这话让我很温暖。从《最丑的那个人》一书了解到，钟国康的人生之路，其实也颇为曲折，1976年，高中毕业的钟国康被分配在农场放电影，1982年从农场调入遂溪文化馆，一干7年，1989年调往深圳，他与毛笔和宣纸谈情，与刻刀和石头说爱，仅用坏用残的刻刀就200多把，在4万多块石头上留下痕迹，被他废掉的笔纸更是数不胜数了。能够从一名只有高中文凭的非科班，到现在常常站在人群中央，自然得益于他的勤奋和聪慧。有时我在想，我小时候在农村看电影，为了坐舒服点，常常坐到人少的银幕背面去看，钟国康是放电影，他是必须坐在正面的，怎么就爱上了反着操刀的篆刻呢？

钟国康从小练书法、篆刻，当年练到几乎走火入魔。他临摹秦碑汉贴，拜访名家大师，开始模仿，学谁像谁。1987年寒冬，钟国康到南京搞展览，他曾拿着著名书法家陈大羽写的条子，去拜访狂草大师林散之。他带着女友，怀着炽热如火的心情，穿着单衣，在林门一等就是三个小时，上演了新版"程门立雪"，成为佳话。但著名篆刻家黄文宽却建议钟国康将自己以前的印谱全部烧掉，希望他做成自己。钟国康还真的这样做了。他将所有的老师都当成自己的靶子，在继承中不断寻求超越之力。从1991年至2003年，钟国康将自己关在深圳市南山区某小区七楼名为寄缶庐的家中，闭关修炼4380天，仅诗词就写了200多首，杀石过万块。现在，钟国康给人家刻印或者题写什么，他总爱根据对方的名字来出笔，而且每句都有滋有味，这或许就是那些年练功的另一种收获。我观察过，2018年的钟国康，刻章只需要5到8分钟，但为了旁侧的一首诗，他可能会花10分钟，一个字一个字地推敲。钟国康常言自己也是两手抓，一手抓印石，一手抓刻刀。陈文曾将他的左右手形象地比喻为盾和矛，左手为盾，右手为矛，右手不断向左手进攻，而且这是一个人的战争，一干就是 40 多年，至今还分不出胜负。我觉得，他开放的思想才是他的指挥官，一切尽在掌控中。

时间催人成长，也让人变老变衰，但不一定成熟，传世之作都需要造化。钟国康认为，学书法篆刻要讲门道，为此，他还特别弄了一个绝招："临他人，立自己；习一人，益两人。学他人，悟自己；习百人，胜百人。学人巧，大俗来；行大方，品自高。刀是笔，笔是刀；金石味，可医俗。道法灵，守自己；性情真，做自己。少修饰，最自然；大气出，神气逸。"从交流中了解到，钟国康要开馆招生了，他也希望自己的艺术得到传承光大。直至后来，我每天晚上 12 点后，仍可看到他在微信朋友圈中发出批改学生作业的评语，甚至对于每个学生的进步，都显得那么兴奋高亢，由此可知，他为人师表，也是花了心思的。只是不知他是否希望自己的学生，也同他一样，将来甚至踢他的馆，又做回自己。不过，钟国康自言要活到 103 岁，他现年 61 岁，想踢他的馆，首先要比他长命。有个算命的曾经给钟国康算过命，说他人虽不够帅，但具备福寿禄三全之相，会长命，且在终老之时，也将名满天下，备受尊崇。这样的话谁都爱听，尤其是钟国康。

古人文人墨客都喜欢在酒味最浓烈的时候，挥毫泼墨，显摆一番。钟国康当属文人墨客，因而有此兴致便也不足为怪。钟国康爱喝自己酿制的一种酒，他说酒能催情。鸡年春节，钟国康喝大了，画情大发，舞刀弄笔，还真的画了几只动感鸡。不过，再好的酒，都是酒不醉人，人自醉的。钟国康说，刻石也是需要体力保障的，再过 10 年，刻不动了，他就认真画画去，说着，他又翻开自己的宣传册中鸡啊、竹啊什么的，一脸得意之神色。其实，据我所知，钟国康之前也是爱画画的，只是一心不能两用，善于审时度势的钟国康便放下了画了 10 多年的画笔，我也希望 10 多年后，著名书法家、篆刻家钟国康的名字前面可以由收藏家加

103

上"画家"两字。艺术家的骨子里都是有大师情结的，钟国康瞄准大师的方向，先是向大师开火，继而成为业内认同的篆刻大师，他一旦有了这个目标，谁知道他在 80 岁或 100 岁的时候，不会被人称为美术大师呢？

最近，钟国康又出名了。深圳的一家报纸整版刊发了"勒石铭记：习近平总书记对广东工作重要批示"。钟国康用 9 个小时，用 9 块石头篆刻浓缩了总书记的 9 条批示。深圳原市委书记李灏专门给他打了电话，表示祝贺。李灏对钟国康有知遇之恩，1989 年，钟国康是李灏调入深圳的，先是群众艺术馆，后来还进了深圳大学。钟国康的印章还成为深圳的"土特产"送给来宾及国际友人，荣耀一时。为此，钟国康特别到李灏家登门致谢，他签了一份新鲜出炉的"头版头条报纸"相送，写了一篇文章专门铭记。我也是给他发去信息祝贺的，不过就没有得到他赠送的"头条"。用石头纪录历史的事，钟国康已不是第一次干了，2008 年，奥运会在北京举办，心情激动不已的钟国康决定每天操刀，给每一名获得金牌的中国运动员送上了一方姓名章，印章的边款刻上了获奖时间，那些天，钟国康推掉了所有的工作，守在电视前，等着最新的赛场消息。他在本次共为包括获得团体金牌在内的 63 名中国奥运冠军刻印留名，表达了对冠军的敬慕，也抒发了自己的家国情怀。钟国康现在还经常参加一些公益的活动，比如《南方都市报》2017 年举办的全国留守儿童公益书法大展，比如到灾区向参与救灾的战士赠送书法作品等。有一回，家乡湛江发了大水，灾情严重，他还拿出了收藏多年的宝石，拍卖所得的30 多万元，全部捐给了灾区。

钟国康是一个性格高度自我的人，对于他自己不喜欢的作品，包括一些名人作品，他常会不留面子评点，因此也得罪了不少人。他说，这样好啊，要与厉害的人争吵，才更体面，更容易出名。有人建议他不要太张扬，夹着尾巴做人。他说，我自己根本就没有尾巴的，怎么夹呢？

只有猴子才可能夹着尾巴，钟国康就是钟国康。平时创作，他都是那样的热血沸腾，每每将书案当成了舞台，主动招呼大家过来围观看他动刀动笔，人越多，越来劲，越容易出好作品。有时想想，大师也只有变俗了，才接地气，才更真实。钟国康每每写出或刻出令自己满意的作品，他会一边铺开宣纸钤章留印，一边得意地说，这作品可以当传家宝，等着升值了。61岁的钟国康常常这样王婆卖瓜，这样的充满自信和阳光。其实，我们也只是看到他愉悦的表面，他的每次创作，都当生一个小孩，他说，现在自己每留下的一片字、一个章，都要按收藏品的标准动笔动刀，不给别人也不给自己留下遗憾。有好几次，我就看到他刻刀一滑，把抓石头的手都削去一片手皮，令人心痛。他自己却平静地说，不碍事，习惯了。收藏钟国康的艺术作品，更像是收藏他的心血。

钟国康性格外露，属于性情中人。对得上眼的，他会掏出心窝，让你看得一清二楚。前几个月，每天坚持写文章发微信公号的钟国康看我们玩文艺微信公号玩得起劲，打电话让我火速来到他日常修炼的寄缶庐，说要送一枚印章给我们微信平台。寄缶庐是由两套住房改建而成，厅室装饰迥异常式，里面练字废纸堆积如山，那臭墨味比深圳茶世家更为浓烈。只是墨味再臭，臭味相投的访客却不见少。钟国康一丝不苟坐在一台电脑前，正在给客户发送制作好的作品电子版。他石上纵马，刀下留情，专心致志，刀起功成，刻成一枚，时间也就几分钟，但却是汇集了他几十年的艺舟推移之功力。我一再表达谢意，客气地对他说，这印章我们也是用于公益的。钟国康笑了，说道："你要让它商业起来，这才是你的能耐啊！"他说得很认真。这也是真实的钟国康。记得有一次，我有个朋友要刻一枚印章，钟国康最后按三折收费，他说，你朋友请我们吃了一餐，又是你的好友，按友情价收费，但不收钱，是不符合规矩的。

与钟国康相知的师友很多，有莫言、贾平凹、谢有顺、麦家、薛永年、阿来、陈文、罗韬、熊召政等，这些人都给了他莫大的帮助，钟国康也常有文字提及。他在西安碑林正门街上、茂名观珠广东省南粤沉香博物馆内、广州番禺南村一山里、广州从化温泉明月山溪里、深圳南山茶世家内、北京798七星街上、江西九江庐山旁开设了7家钟国康印馆，自然也得益于这些大腕及乐于收藏的企业界老板的鼎力相助。贾平凹说，钟国康前世是钟馗，今世方一身鬼气，又邪又正。或许是关公门下吧？玩的是小刀，使的却是气势。谢有顺称他，用文勒石，以石说文。著名美术评论家、博士生导师薛永年说，钟国康的功力已超过好几个大师了。莫言说，钟先生的印，不修边幅，灵秀内蕴，古朴华茂，拙中寓巧，自成一家，对话古人。深圳大学原校长章必功称他是艺术界的马云。这些话是钟国康喜欢听的，但也足以说明他的功力和影响力。作为中国书法家协会会员，钟国康是当今中国少有的几个让篆刻艺术在纸上唱上主角的艺术家。其实，他已经61岁了，从他每天坚持刷新自己的公号文章，你就能感知他的勤奋和执着。最近，钟国康写的由广西师范大学出版社出版的《当代中国文人印谱》一书，荣获第26届"金牛杯"优秀美术图书奖银奖。在此，向他表示祝贺。

对于钟国康，有很多人喜欢他，但也因为他近于张扬的个性，一些性格内敛的书画家不喜欢他，以致有两个人还因为我为他写文章，而将我的微信拉黑了，这算是"恨乌及屋"吗？其实，我为钟国康说一大堆的好话，也就收过他送给我们微信公号的印章和一幅十二生肖的书画罢了。我自己是常常自掏腰包收藏他的作品的。我也常常介绍朋友买他作品，每次，他都要给我发个微信红包什么的，却也被我拒绝了，因为我觉得这不符合我们交往的原则。写点文字，是我的乐趣，从他的身上我看到太多闪亮之处，也学习到很多东西。

钟国康是神笔金刀，行业称其为大家，我属于晚辈，在文中直呼其名，只为便于行文，稿件请他阅过，他没有意见，此为后记。

陈文老师

人心浮躁，花了钱买回一本书，能够读完，都算很正能量，读了之后哪怕只记得三两句有用的话，这钱花得就真值了。《最丑的那个人》让我认识了自称自己丑到极致，其实是想说自己丑得最文艺的著名篆刻家钟国康先生，还有就是这本书的作者，同样著名的传记作家陈文老师。

陈文的笔风平实、文字细腻，是我喜欢的。他的名字中有一个"文"字，我的名字中也有一个"文"字，这或许是因为长辈都有一个希望后代是文曲星下凡的缘故。他是真成了，我则属于仰望星空的一类。陈文的书都挺有味道的，里面的词语不需像一些文章，需要边阅读边查词典。但作为一名专为他人立传的作家，他的文字却是可以直接赚钱的，他真正用文字养活了自己，仅这点一般人就难于学到。

陈文现年 50 多岁，他的童年与雷州半岛好多同龄人并无二致。他当过兵，读了大学，吃过公粮，下过海，再后来出了第一本赚钱的书《吃饭长大》，印了好几版，再再后来，自称向往春暖花开，面朝大海，认为自由才是生命的最高追求，公职便也不要了，自己花自己的时间去。心态重获自由的陈文，其实也曾经徘徊，但在门外来回了那么几次后，他又掌握了自己。在灵感满满时节，随着年岁的浮长，头发变得越来越少的陈文，随后又出版了《老兵的照片》《谁隐居在茂德公草堂》《最丑的那个人》《白纸黑字》《命运真相》《画自己》《李用民私人生活史》等。他多选择在秋水盈盈的季节动手，将往日所记、所听化为文字。他说，《白纸黑字》前前后后用了6年，也纠结了6年，方获长久的释然。陈文是国内最早利用私人照片和生活符号记录个人历史和传播个体生命价值的民间思想者，其作品被哥伦比亚大学口述历史研究中心收藏。

认识一个人，其实不需要太高尚的理由，多与比你有智慧的人交往，你才有可能变得比以往的自己更有智慧，这便是最大的理由了。与陈文联系上也有一段小的故事，那天读到他的《最丑的那个人》，同一个文友聊起，他说，陈文就在我们那个书法群里。我一查，果有其人，便加了他微信。对方笑着回应，我也叫陈文，但我不是你要找的那个哦。这位陈文老师是一名画家，在专业上颇有成就，现在我们也常有联系。后来，总算在初中同窗好友陈好朋同学那里要到了作家陈文的微信。

我称他为老师，他说，你在家也是文哥，我在家也是文哥，你就叫我文兄吧。叫人文兄，由于初中同学班群里，常用另两个同音字开玩笑，我说，叫文叔吧。因为年龄上叫他文叔也是对得上理的。他说，叫文兄好，那样更亲一点。这对于一名晚辈也是一种心理关怀。

过了不惑之年似乎又是人生的另一个轮回，陈文是从40多岁开始了自己不上班实为自在的文字生活。我也在这个年龄像发情的文种一样，突然想着写点东西来记录生活。陈文是提倡草本式记录草根生活的，对于我所写的东西，陈文说，写作要有感觉才写，境随心开，写作是一个不断练习的过程，从视角、细节、深度、感触、语言等方面慢慢锤炼，坚持下去，终会成功。自己的写作，说起来，大多属于自娱自乐，唯有"坚持"的这一信念可以磨炼个人意志，权当人生修炼。

自古以来，琴棋书画就是文人骚客的固有特征之一。现在跨行写字作画也见多元化，有收藏家甚至愿意在贾平凹和书协一名主席的墨宝之间选择前者，莫言的左手书法，亦被传为文坛趣闻。陈文属于文人，有涂青玩墨的骚意便也不足为怪了。他以景态清静、风景独好的番禺区明经村茂德公草堂、广州小洲村河畔小屋、惠州博罗县杨村山边庭院为炼丹炉，用5年的时间，炼出了精彩画作1000多幅，牌匾也题了近百块，并且一发不可收拾地一次又一次办起了画展，越画越来劲，越画越有味。他在画作中融入了个人思想和写意，把心之火花点进画中。每一幅画作，在他展馆的墙上都像一个会说话的灵魂。著名画家陈永锵说，陈文画画大胆，表达手法确实与众不同。中山大学教授、著名文学评论家谢有顺说，文学艺术本来就是个人化的东西，真正有价值的作品，还是要有艺术的新意和个人发现。他对陈文的画作给予了较高的评价。陈文的画作看起来非常简单，但在构图中却颇费心思。我看到他的画，也信手画上一幅，同办公室的老彭说，也不错哦。只是他突然又问我，你那一行从远方飞来的，是鸟还是飞机啊。我有点无语，老彭是笑我东施效颦了。

　　广州小洲村是陈文现在的常住之所。门前的那条小河，与故乡的南渡河相比，已是纤细了许多，相同的是两条小河都是那样的平朴。陈文的工作室就在小洲河畔，门前有一棵150多岁的老榕树，陈文很喜欢这里的环境，他说榕树是有生命的，这里自有底蕴，大树底下才好乘凉。工作室环境非常清雅，往来之客一波接着一波，陈文也都以好茶好烟相待，尽好了地主之谊，让客人开心而来，笑盈而归。

　　我与高中同学郑伟慕名而去。陈文颇有兴致地与我们谈生命、谈人生、谈艺术、谈生活，在不知不觉中，就谈了近5个小时。坐在我们面前的陈文还是那样的清瘦，他头发比以前更少了，只是眼神更显从容和淡定。我给他带去几包家乡雷州市雷高镇生产的扶柳绿茶和自家养于英德山顶农场的石头猪肉。扶柳绿茶在当地属于上品，产量极低，需通过特别的渠道订制方可买到，虽然没有大红袍、龙井等有名气，但带有家乡的土味，他非常喜欢。吃了石头猪肉的陈文，后来还专门给我发来信息，说你家的石头猪肥而不腻，他都舍不得那么快吃完，留着接待了好几波访客，艺术家们都对这猪肉赞不绝口。临走前，陈文还送了我和郑伟每人一幅画，并特别给我写了几个字：字弯笔直。这也代表了他写作的一种态度。

陈文在《11年不上班》中写着，"感谢几位老板朋友，他们经常有意无意找些事让我干，还善意地收藏我的书画，给我生活费，往我卡里打钱，让我不用为生存而奔波，从容地创作，神游在自己的精神世界"。有人笑言，他是被出版商和忠诚读者、收藏家包养了。陈文年轻时英气逼人，一表人才，但现在已是年老色衰，能在如此年纪享此清福，当赞其才华、人品之勾魂迷人，这是人生之幸。

在写作方面，我是陈文的粉丝，也获得他不倦的指导，故本篇小文题为《陈文老师》，以示敬意。

行者彭双龙

彭双龙的工作室和我的单位仅一路之隔。站在我办公室的窗台，可以与他的工作室相望。在深圳这座年轻且勤奋的都市里，一间坚持在夜间亮灯的工作室，也是司空见惯了，因此我一直认为，对面工作室的这一盏，也只是普通的灯火罢了。只是当我知道，在那里日夜苦习的是一位连续四届获得中国书法最高奖"兰亭奖"的年轻人，而我好几年来，一直近距离地看着，却时时与他擦肩而过时，我为自己的孤陋寡闻而忐忑不安。

我是在去年一个小型聚会上认识彭双龙的。那时，他戴着一副眼镜，眼睛却很有神，挺像刚进大学的助教。当时在座的都是书法界的一些朋友，他坐在沙发的一角，话不多，但却表现出同龄人少有的睿智和悉然。长年的书法训练，似乎赋予了他哲学的思维和一颗安静的内心，也让他更加持平稳重。也许是近水楼台的缘故，我们之间的联系从此便多了起来。

彭双龙出生于河南固始，那里自古文风昌盛，是中国书法之乡。20

世纪 80 年代末，自幼对书法耳濡目染，年仅 6 岁的彭双龙看到乡贤写春联，便自个用筷子做毛笔来练字，他的书法之路由此开启。少时，他坚持临习颜真卿的《多宝塔碑》和《颜氏家庙碑》，由此打下厚实的基础。高中时期，课业繁忙，但他总喜欢在自习课上写书法，受乡贤影响，对楷书尤其是褚遂良《雁塔圣教序》和《灵飞经》情有独钟。2004 年，彭双龙以优异的成绩考上了中南财经政法大学，主修法律专业，并辅修管理学双学位。课余时间，他喜欢到图书馆阅读书法方面的书籍，参加各种书法展览，这段时间，他各体都写，很少临帖，以致越写越"野"。庆幸的是，在迷茫之时，他遇到了当时已经 80 多岁的萧克瑾教授，萧先生著作等身，在法学、诗词、文学、书画等方面都有很深的研究，却甘于清贫、保持简朴的生活习惯，在为人处世方面给了他很大的影响，并引领他进入到正确的学书道路。

大学毕业后，彭双龙开始主攻"二王"帖学，虽然当时干着与书法无关的工作，但这样的环境，更增强了他学习书法艺术的渴求感。2009年，25 岁的彭双龙抱着试一试的心态投稿中国书法最高奖"兰亭奖"，便获得第三届兰亭奖三等奖，成为当时最年轻的获奖作者，由此开启了与"兰亭奖"的缘分。2012 年，他荣获第四届兰亭奖佳作奖；2015 年，获得第五届兰亭奖二等奖；前不久，第六届兰亭奖公布名单，彭双龙再次名列榜上，他创作的 4 件作品在中国美术馆展出。据悉，本届兰亭奖进行了奖项改革，仅保留了 50 多个获奖入选名额，并包括创作和理论，可谓是难度最大的一届。彭双龙成为本届广东省唯一的创作类入选作者。

在首次获得"兰亭奖"时，有朋友劝他辞去企业工作，以书法为业。他却反其道而行之，重返校园，考入广州美术学院，师从著名学者祁小春教授攻读硕士学位。祁小春先生是我国著名的王羲之研究专家，承袭乾嘉学派和京都学派的研究方法，在学术方面造诣颇深，对彭双龙的学术影响尤深。在读研期间，彭双龙又被中国书法家协会选拔为"国学修养与书法——首届全国青年书法创作骨干高研班"学员，到中国人民大学进修国学。因此，彭双龙在创作之余也开始关注学术研究，他撰写的论文在第十届全国书学讨论会、首届全国高等书法教育论坛上获奖，并被邀请到中国美术馆宣读论文。可谓是"艺舟双楫"，书法创作与理论研究齐头并进。

用彭双龙自己的话说，这几年他一直在路上，从深圳到广州，从广州到北京，四处求学。辛勤的付出也给他带来了诸多荣誉，除连续四次荣获兰亭奖以外，他的作品还获得了全国第十届书法篆刻作品展最高奖，首届"中国书法院奖"最高奖，文化部群星奖，其作品30多次参加中国书法家协会主办的展览，被广东省文联授予"新世纪之星"称号，被《青少年书法报》评为"全国十大青年书法家"，被《书法》《书法报》《书画频道》评为"全国十大书法年度人物提名"，当选广东省青年书法家协会副主席等。今年11月份，喜讯传来，他又获得广东省文艺类政府最高奖——第十届"鲁迅文艺奖"。

诸多中国书法艺术的光环和荣耀，如能摘其一，已非寻常，他如此蟾宫折桂，更属不易。著名理论家西中文先生说：彭双龙书法劲健爽快的线条、丰富精微的用笔、行云流水的气势、萧散放逸的韵味，表现出了"二王"贴派的高古气息和现代人的才情。第五届兰亭奖组委会在颁奖词中这样写道："彭双龙作品用笔轻松，灵动细腻；结字娟秀，精巧自如；线质浑圆，张弛有度；墨色丰富，躁润相间；形制仿宋，疏密有致。堪称充满人文蕴藉之佳作。"首届"中国书法院奖"颁奖词写道："他的作品令人想到流美、舒朗、温润、饱实等词汇，其面目所在，让人感知到'二王'。他书写的多面性，每每涉猎，才华显出，他对古代经典的浸润，似乎进入了身体，化作涓涓流淌的血液。"

成绩总会让人兴奋，但对于将书法视为一生修行的书法家来说，这仅仅是艺术生活的另一个开始。彭双龙坦言，自己是书法之旅的行者，他向往魏晋风度，追求平淡天真、沉静优雅、浪漫自由的艺术境界，"二王"是一座高峰，也许自己一生都无法抵达，但他愿意一直在路上，一直行走下去。

周国平说：人生最好的境界是丰富的安静。获奖后的彭双龙又推掉了一些不必要的应酬，依然在那间灯火不灭的工作室里，潜心读书，研习经典。彭双龙谈到自己的学习书法的心得，曾概括为五个方面：准确定位、认真读帖、严格实临、主动意临、吸收借鉴。他认为，才情、功力和学养都是书家不可缺少的重要条件，少年时看才情，中年时看功力，晚年看学养。他希望通过读书和临帖来不断充实自己，用焚膏继晷的辛劳，换取未来更雄厚的"功力"和"学养"。就在他出名以后，废纸三千和通宵达旦依然是常有之事。他非常感恩命运的眷顾和机遇的垂青，因此他也经常出现在社区居民讲堂上，出现在各种公益活动中。

彭双龙笑称自己一直不务正业，法律专业毕业的他如今从事的却是书法。他少时喜欢文学和诗词，最初的梦想是当一个作家，因为他心羡古文人所谓的"读万卷书，行万里路"，在他的案头常见文学、哲学、美学、诗词和印谱等书籍。读书自然给了他更丰润的养分。有时同他聊天，说到现在的一些艺术跨界，他说，自己还年轻，也想试一试，学习一下国画和篆刻。前些天，我看到他还真的行动起来了。

对于潜心书艺的彭双龙，我打从心底里佩服。看我喜欢书法，他笑着说，你也可以学学哦。我知道自己不是这块料，因此更愿意与他跨界交流。彭双龙是谦谦君子，大家都乐于与其交往。他不愿炒作自己，但我认为，他就是一匹千里良驹，他的艺术未来，必定非常璀璨。

行者，原指虔诚修行佛道之人，也有着在路上的含义。彭双龙正行走在艺术的修道路上，他现在还年轻，今后，必将走向宽阔无垠的艺术海洋。

惟勤为贵

2017 年底，徐学毅的书法理论作品入选第六届兰亭奖，这是中国书法界的最高荣誉，在本届大幅度减少获奖人数的情况下，已是相当难得的成就。佳讯传来，新朋旧友来电恭贺，而徐学毅却自三尺讲台款步而下，迈入书斋，闭门谢客，读帖品茶，一片淡然。相比于 2013 年获得西泠印社国际学术研讨会二等奖、2014 年王羲之杯上折桂时的意气风发，现时的他更是沉淀出几分内敛与优雅。

徐学毅，字晋斋，清瘦如修竹，沉稳端方，寡言少语，若说起书法名帖，则字字铿锵，句句华章。20 世纪 80 年代，他出生于被称为"天南重地"的广东省雷州市，虽然年少，却颇有大家风范。雷州习书氛围浓厚，乃中国书协命名的"中国书法之乡"。

人生若棋，一切似乎早已在冥冥之中注定，泾渭如许，黑白分明。徐学毅 7 岁入蒙学，幼年跟随学校一退休的老先生研习书法，升入中学，又得到学校任教的书法老师青睐，成为校书法协会的骨干，得以参加学校的各种培训。都说机遇总会垂青勤奋的人，雷州市著名书法家莫颂军对这个执着而聪颖的少年颇为喜爱，常常加以指点，夯实基础，并推荐他参加不同层次的比赛，历经风雨，始露峥嵘。说起当年，学毅笑称，当年的自己常常悬一法帖于床帏，躺下昕夕揣摩，寝馈于斯而不知肉味。自此，一入书山深似海，而今已是逐梦人。一条隐隐约约的追学之路在青春年少的他眼前铺展开来。

徐学毅高考那年恰逢广东省无书法专业本科招生，蹊径旁通，他转而考入华南农业大学艺术学院学绘画。在华农大期间，既有岭南书法名家梁鼎光教授可请益，又可到暨南大学、广州美术学院等院校蹭课，尤其是在这期间受以治学严谨著称的曹宝麟先生的影响，他由研习书法走向书学研究之路，不过年少学浅，尚不熟悉古典文献，挖掘也甚浅，也就不曾发表有关论著。文学艺术本同源，在学习期间，他知不足而弥补，多次利用课余时间到文学院旁听中文课程，并将之运用到自己的书学研究之中，可谓日有所得，渐有所成。

笔耕不辍，可以用这四个字来形容当年的徐学毅。大学毕业留校任教，数年后又取得硕士学位，虽非书法专业，但对书学的研究却从未放下，只是因为工作生活等俗物琐事行路渐缓，笔下文字却日臻成熟。徐学毅真正认真对待书学文章则是在 2009 年，他于暨南大学邂逅当时对"二王"研究颇有独到之处的祁小春老师，并受教于膝下。不久他写下《〈十七帖〉的起源与遭割裂问题献说》《对〈洛神赋〉是否为王献之书与其前中后期书风演变的探讨》两篇文章，在 2013 年参与西泠印社国际学术研讨会时获得了认可，于当年加入了名声鼎沸的西泠印社，成为最年少的社员，并于 2016 年加入中国书法家协会。自此，徐学毅的人生坐标筑基始成，书学探求欲与日俱增，虽然不若古人日书万字，也可以算得妙笔生花。他耕耘日久，硕果初成，于 2017 年 8 月先后出版了《二王书学丛考》和《岭南书学丛考》。

与徐学毅相交已有几年，看他一路走来，眼神清明，言语质朴，则愈会从那双深邃的眸子后面看到魏晋风骨。这是一种穿越历史的厚重与温润，也是一种与年龄无关洞彻世事的通明与豁达。他常说书学之于我等，穷毕生褴褛追随之，虽不敢期冀得到右军"灌顶"传功，写一手"恍若神明，顿还旧观"的魏晋书风，但在日日追寻的路上，能翻一页旧书，寻一段旧事，体味古人当年书写技艺的精妙，也是我辈人追思怀古的一腔情愫吧。徐学毅的书学之路刚刚起步，与他聊起，他说希望有机会也参加兰亭奖创作类的比赛，这很令人期待。

前几日，徐学毅应约从广州来深圳宝安做客。他依然一身简朴，背着一个双肩背包，手拿一本书，想必是从坐高铁到打车，一路读来。恰好家弟善武正在研习书法，他现场指点行笔章法，一言一行可窥见其教书育人及治学之认真严谨。在小儿孙旻墨的签名本上，他欣然挥毫落墨，留字"惟勤为贵"，这是对后辈的劝勉，也是他时时书卷不曾离手，日日不曾虚度的写照吧。

一把手

　　我家里有两个一把手，我在名义上算一个，还有一把茶壶，也叫"一把手"，是一个名为李小明的粤西捏壶人赠送的。

　　素来能称得上一把手的，都是一个公司、部门或家庭里最厉害的，大多既管人又管钱，不是一言九鼎，也必是威风八面。只是受制于当前房价和种种压力，很多家庭里的一把手都像我一样，虽然管着钱袋子，但里面却空空如也，因此仅是空架子的一把手罢了。想想一把手其实也是一种责任，就说一家公司，真碰上营生不易之时，员工作鸟兽散了，也只有那个所谓的一把手，叫老板的不能辞职走人。

　　"一把手"茶壶是李小明创建的品牌，这种泥兴陶紫砂壶自从被著名传记作家陈文改名"一把手"后，却是一路向东，越来越风光了。李小明来自雷州，刚到不惑之年，原先是读师范准备教书育人的，但毕业时学校不包分配了，便跑到了珠三角地区打工，最后落地佛山学起了制壶，由此一干就是17个年头。他在各地寻师学艺后，自知按照传统路子与宜兴等壶都的高手过招，是鸡蛋碰石头，便玩起了这种陶木结合的茶壶，并于 2015 年一举拿下了设计工艺国家技术专利。

李小明在家里应该也是一把手，在团队里算是老大，他制作的茶壶叫"一把手"，造好壶已成为他的信仰和责任。由此让我想到报章上常说的"一把手工程"一词。"一把手工程"多指某个地方或单位根据单位最高行政长官的个人意愿搞的一项工程或活动，李小明在番禺和雷州管着两个烧壶的土窑，照理也属于此类。"一把手"茶壶的壶身古朴简洁，饱满有致；壶嘴弯曲有度，做工精细；口沿平整光滑，密封性好，其最大的特点是壶身上那一条长长的木头把，木料多选用紫檀、花梨、金丝楠等名贵木头，庄重又不失新意，典雅大气又不失阳刚之气。为了解决好陶瓷与木头衔接，李小明前后 4 年苦苦摸索，屡战屡败，屡败屡战，精疲力竭，终于采用镶铜和大漆等工艺，获得成功。

番禺茂德公草堂的李小明制壶工作室由陈文题写了店名，坐在我面前的李小明一脸憨笑。他自称是一个头脑简单只懂制壶的人，尽管前期研发耗去了多年的积蓄，并欠了不小的感情债和经济债，且目前他的团队每年 2000 把壶的产量也仅可维持团队正常运作，但喝着自己制作的陶壶泡的靓茶，却难掩其得意之神色。他那天的话特别多，我记下最多的是"坚持、创新、感谢、期待、相信"等几个词。40 岁的李小明在这个行业已干了 17 年，他磨而不磷，涅而不缁，连妻子都成为土窑的"二把手"，把家也安在了土窑旁，离不开一份乐乐不殆的信念支撑。在与他的聊天中，他不止 10 次提到了陈宇老总，他们结识于 7 年前，陈宇给了他工作生活无私的支持，他的感激发自肺腑。"一把手"成名于创新，创新之路永不止境。"一把手"不仅是一种品牌，李小明希望它更是一个行业的标杆，质量的彪炳，并在产能上有着更大的突破。李小明的"一把手"在行内已有了相当的名气，甚受茶友们的喜爱，壶底刻有著名篆刻家钟国康题刻的"李小明制"印章，使茶壶的文化味道更浓了。2016 年 1 月 26 日在北京钓鱼台国宾馆举办的艺术品拍卖会上，李小明制作的精品茶壶以 4 万元一把成交。有了品质的保证，李小明对"一把手"的前景也是信心满满，笑容也越来越多，越来越灿烂了。因为好壶泡好茶，好心情也是泡出来的。

有同行的朋友赞李小明是粤西捏壶第一人，被他当场打住。但随后他自己也笑了，说如果没有人捏了，他就是第一人了。雷州本属宋代广东三大窑系（雷州窑、西村窑、潮州窑）之一，文化底蕴丰厚，李小明希望有更多的年轻人与他同行，因为"一把手"需要同行者，需要千帆竞发，这样才能产生真正的茶壶"一把手"，李小明对此非常期待。

与光阴同行

　　初见柯明泽是十多年前，那时，他走出校园不久，二十多岁的他背着自己的水彩画板坐上了从家乡雷州开往深圳的长途客车，他消瘦的面庞上尚带着几分年轻的倔强与青涩。

　　天道酬勤，柯明泽的艰辛付出在来深圳几年后就得到了回报。他一次次站在了国内外美术界各种不同的领奖台上，面对扑面而来的荣誉，却是表情淡然，眸子里依然一片清明，如同笔下那些带着故乡味道的水彩墨，明丽如初。

　　都说生于 20 世纪 70 年代的人，总有着浓烈的故乡情结，无论迈向何处，无论身处何方，故乡都是隐藏在心底里的一方净土，夜深人静之时，可以佐酒，也可以烹茶。1978 年生于雷州半岛的柯明泽选择了用一支画笔来涂抹深情，把记忆深处的故乡呈现在了我们面前。无论熟悉的老街，带着烟火味儿的厨房，在阳光下安静祥和的院子，还是水光潋滟的码头，任时光荏苒，岁月更迭，仿佛从来就不曾改变，陪着我们一路走来，都让我们一读再读，读到心生缱绻，读到泪盈余睫。

有人说柯明泽的画是传统的，带着一种传统技法的敦厚与专注。当你看到他的人，你会觉得，本该如此。他今日在月牙泉畔，听着大漠长风的呜咽，明日或许就在故乡的院子里端着一杯茶看着阳光落在窗棂上，门外的老街上正走来童年的玩伴，这一切都赋予了他的作品蓬勃的生命力，也是他创作永不枯竭的源泉。在他的笔下，所有的物是真实的，也是真诚的，传统写实的技巧，温润透明的色调，都用无声的语言旗帜鲜明地与现代时尚的浮华告别。他的作品与繁华背道而驰，与时尚泾渭分明，每一笔色彩都是一个脚印，每一幅作品都是一封写给往事的信笺，所以，在他的作品中，"写"的精髓与色彩技巧完美契合，或者说，柯明泽在用另一种方式彰显着中国文人骨子里的坚守与执着，敦厚与桀骜。

或许，有人说，柯明泽机遇好，其实，机遇从来都是给留给做好充足准备的人。柯明泽在深圳简朴的画室里，守住了寂寞，也守住初衷，希望在深圳这块热土上用汗水淌出一条新路。有人说，现在这种传统扎实的水彩画已经不符合这个快速变迁的社会，陈旧过时了。柯明泽倔强地笑一笑，坚守着自己的内心，他知道，那是一方净土。

年轻的柯明泽无疑是幸运的，在来到深圳后，他的写生作品被送到罗湖城艺术市场，便收获了人生的第一桶金。那年，一位香港收藏家看中了他的画，达成协议成批订购。这对于初出茅庐的柯明泽来说无疑是巨大的鼓励，这也让他就此笃定自己的创作信念。每每提起这段往事，柯明泽都心存感激。10多年过去了，柯明泽陆续创作了小巷系列、厨房系列、院子系列，形成了属于自己的平实真诚却不乏诗意的艺术风格。在他的笔下，光与影的交替，往事与回忆的重生，阳光与岁月的更迭，都成了一首无声的歌，每一痕笔触，每一抹色彩，都直抵人心的柔软与温润。

柯明泽现为中国美术家协会会员、深圳美术家协会水彩画艺委会委员、广东水彩画研究会会员、韩江画院水彩画院院长。2009年，他的作品《土楼里的斜阳》获"广东省第十届美术作品联展"金奖；2013年，作品《围屋》获"广东省第十二届美术作品联展"金奖；2014年，作品《小巷里阳光》入选"第二届全国青年水彩画展，成为深圳地区唯一入选作品；2016年，作品《小巷里阳光》获"IWS首届巴基斯坦国际水彩画双年展"银奖；2016年油画作品《古镇骄阳》获"2016吴冠中艺术馆全国油画作品展"优秀奖。透过这一串的头衔和奖项，我们看见的却依然是那个沉默而倔强的青年人，布衣素服地行走在光阴之中，一路风尘，嘴角含笑，眸光淡然。在他的笔下，时光未老，岁月有痕，初心依旧，回忆温暖。柯明泽在深圳安了家，每天奔忙于时光中，虽然我们见面的机会不多，但并不影响我对他的关注。前几天同他微信聊天，说想请他画一幅以我们老村为题材的画作，当时他正在外地写生，却是一口应允了。雷州是我们共同的故乡，我希望尽快看到他的"老村系列"作品问世。

柯明泽，说他是一名画家，莫如说，他是光阴的守护者，且行且歌，一路丹青。

第四辑　石头会说话

人要一点一点活着

　　每次父亲从老家回来，我都会询问一下故乡的人和事。其实，听得最多的也就是一些生老病死的消息。在提到哪个叔辈、哥辈不到 60 岁，就撒手远去时，我们都无不感慨人生苦短，岁月匆忙，并会不由发出叹惜。每到此时，父亲总会开心提到，我们村的兰伯 98 岁了，这次回去看望了他，还是那样地开朗、健康。98 年的时光，无论你的步子迈多大，走的是慢三步还是快三步，活到任何一个时间刻度，都是一点一点的累积，没有前面的那一点，后面也就归零了。

　　在懂事前，大人都是从少年的成长中感受着岁月的飞逝，每次与小孩见面，看着无论从身段还是嗓音都发生着巨大变化的孩子，均会不由自主地说，大了这么多了！殊不知，自己在这些年中同样已是见了风雨，添了沧桑，只因缺乏参照物而时时在感觉中产生年龄的盲区罢了。我现在已过不惑之年，但当年光着屁股在河里嬉戏的情景，却历历在目，恍如昨天。这期间，我生命也一点一点地拉长了 30 多年了。

　　时间对于每个人来说都是平等的，无论你是帝王将相，还是山野草根，无论你腕戴镶着宝石的名表，还是几十块一只的普通电子表，时间在你的面前都是走着同样的顺时针轨迹。每个生命产生的长度都是这样一点点展开的。

著名传记作家陈文在《人一点一点地死》一文中写道："人绝不是一次病死的。在他还未病之前，一定是那里坏一点点，这里坏一点点。然后，一点点加起来，就病死了。人有了一种坏习惯，很难改；这种坏习惯累积起来就会把人置于死地。"同样的道理，一个人不可能没有理由地长寿的，他必定对自己的生命进行了必要的保养维护，才让自己得以比别人走得更远。生命的存在有无限的可能，但更多的人都是因为失去习惯性的警醒，在各种诱惑面前，远离健康生活，才会一点点地死去。

世间没有长生不老，生与死的确切距离谁都不知道，活长一秒钟，也是离死去近了一秒钟，死去早一分钟，留在世上的时间便短了一分钟。但生与死有时却是可以看得清楚的，一个癌症晚期患者，他拿到了医生给出的死亡判决书，在这张纸上，他可以看到自己的死期，同样也可以看到自己的活期，只因所看的方向不同，人的心境自然也就不一样。面对死亡，挺过了一昼夜，可以说，我又多活一天了，也可以说，我离死亡又近一步了。在他跨过医生认定的死期，如果将往后的每一天都当成赚了的，并把赚来的每一天都用好，这在心里自然就形成了强大的正能量，一秒和一天一样，都是时间刻度中的一个点，秒秒赚，时时赚，天天赚，赚得就自然更多，由此积少成多，由天变成周，周变月，月变年，这就是一种积极人生态度的巨大回报。有人说，很多人都是被病吓死的，这其实一点也不错。我认识一个病秧子，他从 40 岁到 50 岁，从 60 岁到 70 岁，一点点地往前面挪着，到现在还坚强地活着，并活出了自己的味道。看着他，我能感受到一份生命有力延展的力量。

一个人为什么活着，为谁活着，如何在这一点一点活着的时光中发亮发热，这是生命的价值问题。但为爱的人、爱的生活、爱的土地、爱的世界，以及自己的理想活着，这样的生命都是有积极意义的。一个人活好了，爱你的人才会活好。哪怕在最终死去的那一天，也才有活着的财富留给后人。

　　活着，争分夺秒。生命，就是这样的生生不息。

活法

逆袭

老家的屋前有一堆玄武岩石块，是爷爷那一代留下的物质遗产，说这些石头往后可以用于建房。

家里建起新房，爷爷已去世。现在的新房全部用水泥钢筋浇铸框架，以红砖堆砌墙体，爷爷留下的玄武岩石块一块也没有用上。

父亲挑出了一些规整的方块石头，用于建筑院子的围墙。这是村子里一道亮眼的风景线，它散发出古朴、典雅、厚重的味道，仿佛穿透时光。站在围墙边，我常常感慨，这真是一批幸运的石头，它们守住流转的岁月，终于成就初心。

屋前那些形状怪异的石块，已派不上用场，父亲将它们全部送给以雕刻石狗为营生的大表哥。石狗是故乡雷州看家守户的图腾，它们由玄武岩刻制而成。送走的石头经过大表哥的巧手，个个变得栩栩如生，也完成了从普通石头向神灵的华丽转身。

父亲花钱从大表哥那里请回了一尊石狗，供奉在我们家院子大门一侧，他常常虔诚地烧香敬奉，希望得到它的庇佑。

我总算明白了，没有谁比谁更幸运的。就连石头里都藏有密码，生命的开启，总有合适的时辰。

演绎

在办公室一角的花盆里，种着一株墨兰，它的每一片叶子都长得坚挺，如果它是金属色，我相信它就是一把剑，是前人铸剑为犁的理想，让它在盆土中找到了新的灵感。

前年，在同样的位置，也种着一株墨兰。它在开出一串暗紫色的唇瓣，撒了一屋的清香，赢得洋洋洒洒的赞美后，却因花工给它浇了太多的水而殁亡。它从头部烂起，侧身倒下。其实，在墨兰心跳停止的那一刻，叶子碧绿如初，非常鲜活，可见它死得何等不甘。

葬花不需要抡起锄头，也不用挖地三尺。万物生长离不开水，但水能承载生命，却也能决定一条生命的归向。水中就藏有一把利剑，足以斩断一棵植物的命脉，灭绝它最终的念想。

不过很快我又买回一棵墨兰。我实在忘不了那纯粹的清雅和淡淡的墨香啊！

这棵墨兰的叶子青得浓烈，青得妖艳，并在春节期间，又如约吐露芳香。

前天读到一本书，说的是一名中年男子在心爱的妻子去世后，娶了一名与亡妻很相像的年轻女子，只是却再也理不出往日的那份情愫了。故事实在老套，但我总相信这是真的。

草木有情。它们相约在另一个世界，演绎人间。

阳光的脚印

阳光打在窗口的安全网上，让我看到了一个清晰的脚印。它跨过纵横交错的金属钢网，悄然落在我的案前。

时针正对着早上 7 点。我都是从这一刻起，开启自己新的一天。

人过留名，雁过留声，水过留痕。后来，我知道自己其实错了。

阳光已成为收影子的人。它可以站在我的面前警示我，却又无声地隐去，没有留下一点点印迹。

它比所有人都高明。

鱼不睡觉

我从来没有看到鱼缸里的鱼睡觉。只要我站在鱼缸边，它似乎马上来了精神。水里肯定藏有无数幸福的元素，否则，它的大尾巴不会摆动得这么起劲，让我几乎听到阵阵哗哗的水声。

小鱼肯定有睡觉的。有几个晚上，我蹑手蹑脚地走到了鱼缸边，试图窥视到一只沉睡中的鱼。我突然看到，一双躲在暗处的眼睛，正射出一线银光。

我们都可以清楚地看着对方，但我们一起隐匿了好多秘密。

恬静

我总认为，云朵的内心是非常恬静的。它从这片天逛到另一片天，始终保持一份悠然自得、心无旁骛。这是我所仰慕的大境界。

但在风路过的时候，我却变得不安起来。因为在风的面前，我看到的已是另一朵云。它欣喜地跳起优雅的舞步，全然不在意低处抛来的一双双眼光。

风应该在与云说着什么，有的话已塞进心里。我却一句也没有听懂。

有时恬静只限眼界，有时却可以发自内心。这点，我比不上一朵云。

睡得香

那年月，玩权证很疯狂。在政府部门上班的陈兄将自己的两套房子都抵押出去，加上一生的积蓄，计有 1000 多万元入市买入江铜权证。交易首天，他出师不利，亏损 50 多万元。50 万元对于工薪阶层，这要干多少年才能攒到啊！晚上，他辗转反侧，难于入眠。第二天，忽传主要产铜国智利发生地震，全球铜资源将受极大影响，江铜权证急速拉升，他赚回了 100 万元，扭亏为盈。当晚，他同样睡不着。第三天，央视报道，智利地震没有发生在铜主要产区，对全球铜的供应影响不大，江铜权证的价格应声而落，昨天所赚的 50 万得而复失，他又睡不着了。

过了一些天，我关心起陈兄的睡眠。他说，现在睡得可香了。问其原因？他答，已给那些钱换一个地方安放了。

我们可以让江河装载孤帆，让背影承接视线，给落日找到一座停靠的山头，唯独自己，常常从哪里来就回哪里去，一直活在路上。想到这里，我变得沉重起来。

看到一场雪

妻子从云南的某个雪山发回一张张相片，那边正下着密密麻麻的雪。一片片雪花如一个个光点，正发出灼眼的芒。这是她看到的第一场雪，比梦中的更纷扬，却更温暖。

阳春三月，她为看一场雪，站在很多鸟都不愿意去的地方。她伸出

132

双手，一次次将雪花托在手中，又将它们一粒粒种到地上。

雪花有多重呢？它可以覆盖一个人的记忆。

看到这场瑞雪，回到广东的她能够享受一年甚至一生的丰硕了。

防风林

风暴即将来临，我从它颤悠的身体中已听到声音。它说的每一句话，都是对站在它身后的我最真切的警示。

很多年前，故乡的海滩边就种植起这样的一排排木麻黄树。它们集体看海来了，抬起头，挺着胸，一点点地撑开自己的眼界：先是看到一角的海，慢慢可以看到一片的海，最后看到无垠的海。一种向上的姿势，才让一些可能无限放大，或许再高一点就能看到风的来处了。

我常常想着，防风林里饱经风霜的木麻黄，或许就是我们村子里曾经认识的某个人，他们迎风而立，踯躅前行，直到倒下而朽去，再化为一棵普通的树，站在老地方庇护我和村庄。

斗与被斗，都隐含着活筋动骨的响声。在海边，风不会骤然停下来的，只是我们看不清而已。那些疾风、大风、烈风、狂风、暴风、飓风，有时会化为微风、清风、柔风，细风、暖风，让风吹云散，让云淡风轻。风吹过，抚物无声。这是风的飘忽和隐忍之处。

风不会死去。防风林会死，但也是变着法子活着。

所有希望留下的云都因眷恋土地已化为雨。一些因防风而倒下的木麻黄等树木，常常被制作成台、椅、柜，甚至床，与我们紧紧靠在一起。

铭记

新中国成立前，我们村子与邻村常因土地问题发生械斗。听别人说，我祖父年轻气盛，常常骑着耕牛，冲锋陷阵。祖父在世时，我曾就此向他求证。祖父笑着说，牛乃牲畜，平时只知耕种、拉运，何识打斗之术？摆摆样子罢了。

现在两村关系和睦，当年的往事已少有人提起。我慈祥的祖父也去世多年。他一生平凡，但为人正直，大公无私，为邻里乡亲做了很多实实在在的好事。

不过，只有这件事做得最不靠谱，我却记得最牢固。

或许，我们也终将这样被后人铭记。

被修整的绿篱

每隔几个月，楼下的绿篱边总会传来一阵持续的咔嚓咔嚓声音。在一把剪刀下，一条条旁枝、一片片残叶，应声而落。

花工成为唯一的法官，他用一节眼光一个手势决定着一片绿意的走向和命运。自从被定义为绿篱，南方的灌木长得越来越来劲，越来越像一堵墙。它竭尽所能，用一如既往的绿，迎送春夏，穿越秋冬。

一堵透风的墙，是风的骨头，将一节节虚无堆砌。

在我面前的一棵棵灌木，它们都活得那么勤奋。但断然不是越努力越幸运的，一只最先挥起的手，一颗最初顶起的头颅，一个最媚的表情，都可能因为被认定不合时宜而被斩断。

一把修整过绿篱的剪刀，已非常熟知中庸之道。

一只小花猫

这是一只不知谁家弃养的小花猫，它一直生活在单位大院里，吃着食堂的剩饭长大。单位里的几个小姑娘，挺喜欢它，常常给它买来了猫食。慢慢地，小花猫极少到食堂找吃的了。每天，小花猫百无聊赖，常常一间房一间房地溜达。它享受着潮水般的爱意，活得越来越像一只宠物。

那天中午，小花猫又一次蹑手蹑脚地从敞开的房门走进了我的办公室，它爬到了文件柜上的鱼缸边，眼珠子打着转闪着光。我刚好从外面归来，同它打了一个照面。真是狗忘不了吃屎猫忘不了鱼腥啊！我用力猛跺地板，以示警示。小花猫先是一愣，继而像影子一样消失了。

当天下午，小花猫从我办公室的门口经过，它似乎多了几份惶恐和不安。它瞟了我一眼，默默地走开了。猫爱吃鱼本为天性，且办公室的鱼缸几乎是密封的，小花猫纵有贼心也难有神机。想着小花猫中午惊慌失措的样子，我突然后悔起来。

有时，我们也用这样的眼光欣赏着无限美好，包括路过的美女、闪闪的金钻，但却很少有人质疑我们的动机。

百鸟争鸣

公园的一角，几只鸟笼挂在榕树的低处。鹦鹉、鹩哥们用歌声清理着清晨残存的那点黑，让我看清了一张张斗鸟人的脸。他们妙语连珠，谈论着一只只鸟。每个与鸟有关的措辞，都神采飞扬。

公园有树，有花，有草，便也有了优雅的生活。许多小鸟，比如喜鹊、麻雀们都闻声而至，围拢在笼子的周围，嚷着、唱着。那声音试图盖过跳广场舞的音乐。

一座公园太需要鸟声了。每一阵挟在风中的笑声，因为鸟声的渲染才显得清脆而惬意。

我站成公园里的另一棵榕树。我分明看到了鸟们一边嘶叫着，一边与我激情对视。

我侧耳倾听着，这笼里笼外的表达，始终无法判定哪一句属于肺腑之言。

隐语

眼如桃花

从桃花源的主楼走出来，我遇见一棵玉兰花。

清晨的阳光淡淡地撒下，它站在高处，睁开眼，向我点头微笑。素雅的米黄色显露高贵的品质，它用一种含而不露的美，向这个生动的世间开放。

风正一次次把嘱咐塞进花朵中。这里隐含了太多密语，所以我听到的语言都是静止的。

桃花源不是世外桃源。在这家位于深圳市的科技园区，无数的花儿在尽情绽放，唯独没有看到盛放的桃花。

我面前的这朵朵玉兰花，表情却是越看越像灿然的桃红。

它是在告诉我"当你眼如桃花，定因心植桃园"吗？

台风中的隐语

我们总爱从树叶的转身中寻找信息，鹤立企伫地迎着一阵风过来，又送一阵风离去，试图从撒在面前的那一节节跌跌宕宕的声音中辨别另一种声音。

我所看到的台风都是路过的，一片片落叶却在此刻成为它的影子，演绎一段飘忽，接着又随风而行。

从每一片惊慌失措的落叶，都可以清晰看到一个零乱的灵魂。

面对此情此景，我倏地变得沉默起来。站在屋里的玻璃窗边，我是那样的像一片说着话的叶子。风起的时候，我们常常试图打探自己的去向，而在更多的时间里，却在一条沐着阳光的枝头，展示风雅的生活。

我居然忘记了，在每个汛期，总有风起，而每一回涉过别人额头的风，也是必定以同样的马力扑面而来。

船渡

朝九晚六的生活，其实也同样具有那么强的节奏和弹性。它是如此的像一只行将远去的夕阳，在挥手之间，消散、慢条斯理，却是意味深长。

这是我站在故乡一座仅宽 30 米的渡口得来的一点体会。

那天，我像一只等待横渡的船，看着老艄公从对岸撑着篙，姗姗而来。他的脸上烧着一道霞光。

今天与昨天有区别吗？我好奇地问艄公。艄公笑了。有啊！昨天你不来，今天来了。

在这条河中，老艄公撑了 40 年的船，潺潺的时光，从他脚过流淌，他都当成另一阵河水。

他是这样面对渡河者，也是这样将一颗心呈现在阳光面前。

绽放

一条开花吐蕊的枯枝，总让人心生敬意。

银柳，第一次知道它的名字，是在它悄然绽放和吐芽之后。此前，我都当它是花店卖出的染了色的残枝。

每一片爬出来的绿和每一粒挤出来的艳，都强调着生命的坚毅，似乎一间房子霎时萌发出生的力量。

但在此时，我突然看到了一道急促切开空间的闪电，我像干花一样被点燃了。

我与银柳面面相觑。我们都在燃烧自己。我却是那样的俗不可耐。

白日做梦

上午买进的一只股票，大跌。

午休。我在昏昏沉沉中入梦。梦中有一只股票暴涨，我匆忙拉近视线，正是自己所买的那一只。

我是在摸到梦想的那一刻醒来的，也在醒来的那一刻发现一段虚空。

一个大白天做的梦给我带来瞬息的喜感。就像一片雪地上的阳光，让你看到自己的影子，但在光线的末梢，其实依然很冷。

远看有色

我曾惊诧于这几乎一夜之间在单位门口绿地上长出的米黄色小花。

当我走近时，我发现所看到的都是错觉所致。这些铺了一地的小花，其实是前两天花工在修整草坪后留下的枯草。

是春天的到来，将我的视野陈述成乱花迷眼，让一根根枯叶长出了春的气质。

我站在一根根枯草中间。我们面面相觑。它们多么像一颗颗盛开在土地上的头颅啊，有着崇高的思想，有着缤纷如画的内心。

有时我们是要站远点的，在一些潦草的意境中，或许可以发现另一种美的轨迹。

门禁

我所住楼房的一楼大堂，装有一道门禁。门禁的开关离大门有三、四米的距离。

点按开关的人，往往是最后一个走出大堂。

一个为别人打开一扇门的人，在他的面前总会看到一扇扇敞开而明亮的窗口。

眼睛真的是心灵的窗口。我看到先行走出的人们脸上写满微笑。

鱼之死

从鱼店买了两条小地图鱼，分别养在家里和单位的玻璃瓶里。

它们曾经生猛地在我的眼前游动，让我感悟健康与幸福的关系。但在给它们换上自来水后，它们竟然在半个小时内相继死去。

它们的死，就像一个人心梗阻塞一样，说死就死，突如其来。它们在死前必定在苦苦挣扎着、抗争着。它们是在我的眼皮底下死去。我只看到表象，对于一个即将逝去的生命却是浑然不知。后来我总算明白了，鱼儿的死其实与水质有关。

两条小鱼的死，就像两粒尘埃落定。或许在不久的某一天，我们也像它们一样。

车的自语

我躺在高处，路上传来的"沙沙"响声，我都当是每辆路过的车在同我说话。语调仓促，却可清晰入耳。

它与我谈一个夜行者的生活，谈一个父亲的焦虑，谈一个儿子的柔软，谈一座城市的未来，自说自话，如此喋喋不休。这是多么绵长的安静。我看到音色在一片片剥落。

每辆行走的车，都装载着一份惦挂。行走的夜色，往往仅用一柱车灯就可以照亮归路。

低处

这是一棵吸引我最多目光的普通灌木。

它长在我上班必经的公园路中间隔离铁栏底下。时间无法记录它成长的印记，一年多，它依然仅有尺几的高，在沥青漫过的马路中间，依附着路面残存的泥土，抗争着。

一处几近可以忽略的绿，在我每次路过时，总向我挥手，热烈、青春、坚韧，一笑一颦，不卑不亢。

一棵活在低处灌木，心中居然藏有一本我们一生都读不完的书。

烦恼的理由

对于我喜欢篆刻，妻子不支持，也不反对。

刻刀下飞出来的"沙沙"声，她认真地倾听着。她对艺术显然不感兴趣，更关心的是这项活动能给我带来多少快乐。刀石铿锵的声音，她当成是快乐的传递，希望篆刻刀是我的另一支笔，在笔尖所达之处可以孕育更加充盈的生活。

我自认不是学习篆刻的好料，但我坐在案前废寝忘食的样子，却让妻子忧虑起来。

快乐常因心怀梦想，而烦恼多为不忘初衷。

回望

小学同学给我发来了一张发黄且画面模糊的相片。这是我们小学毕业合影照。时光冲洗时光，时光洗淡记忆。在这张相片里，我竟然找不出哪个是我了。

哪一个是我呢？

时间每每留下印迹，有时，我们走着走着，就这样迷失了，有时连自己也无法看清。

后人植草前人乘凉

前人种树，后人乘凉。此话意为告诫我们，勿忘前人功绩。

清明时节，我们一家给祖母上墓。当日，不见烟雨绵绵，恰遇火伞高张的艳阳天。在荒山旷野，没有几时，我们已是挥汗如雨。

母亲在祖母的墓前，烧着纸钱，看着坟头上长出的萋萋青草，说道："去年植上去的草，你看长得多嫩绿，你奶奶睡在里面可以享受一派清凉了。"

村里有个年轻人考上了博士，我们常常忘了他的名字，却记得他去世多年的爷爷强伯。有时想不起年轻人的名字，就称他强伯的孙子。强伯由此一次次掠过我们的记忆。

前人为后人种树，后人为前人植草，蕴含同样的力量。

游动的理想

几条热带小观赏鱼泡在注入氧气的胶袋中，被我紧紧地拎在手里。

它们从鱼店出发，要去的是一个无法预知未来的家。它们在胶袋里畅游着，理想飘荡在袋子之外。

阳光明媚地打在路上，我看到了一道道行走的光。

当年，我提着一只人造革包来到深圳。包里除了几件衣服，还有几本诗集。旧衣服已被丢弃在时光的影子中，诗集被留下。

书架上面已铺着一层厚厚的灰尘。在我没有读诗的日子里，世间已多了很多忧伤。游动的理想，常常流窜于理想之外。

母鸡

春节，从老家回深圳，临行时，乡邻送来了一只小母鸡，说放养了一年，回去炖汤喝，味鲜够补。

第二天一早，母亲去阳台准备杀鸡，发现鸡笼里多了一只鸡蛋。母亲说，看看，这就是家鸡生的蛋，一看这就是一只会下蛋的母鸡。这只鸡最终被养了起来。还真的，它每天都能下一只鸡蛋。

回到公司，我与几个同事聊起此事，刚好路过的老板听清了。他停下了脚步，但最终没有说什么，走了。几个同事面面相觑，沉默起来。

我与他们聊的只是鸡毛蒜皮的小事，没想到却引起如此广泛的共鸣。

142

杀猪刀

白刀子进，红刀子出。一头头猪在我锋芒毕露的刀尖下死去。

这是屠夫临退休的一天，我被他紧紧地握在手里。他用失神的眼光久久地端详着我。

一路走来，每个人都曾经锋芒毕露。

时间果真是一把杀猪刀啊！

风筝

在公园的一角，一只风筝迎风而行。

它被装饰成鸟的样子，却比一只活鸟更鲜艳，也更刚劲。小孩子们拼命地喊着：小鸟飞起来了！飞起来了！

是的，它越飞越高了。它越在高处，越显自由。我想，如果自己是这只风筝就好了，有一个牵线引路的人，便可以轻而易举地实现飞翔的梦想。

突然，风停了，风筝像无头的苍蝇似的失控地从高处掉下来了。它被挂在高高的树上。放风筝的人拿着线圈，向着我，苦笑着。

哦，原来逆向而行的风才是一只无形的大手，让你挣扎，却可以实现一次更稳更高的飞翔。

宠物狗的笑

一只宠物狗蹲守在小区的大门口，它吐着又长又红的舌头，摇着柔软的尾巴，露出洁白如雪的牙齿。狗主人看着我恐惧的样子，笑着说，这是小狗在向你示好，你看它脸上的笑容是那样的善意。

小狗望着我，试图向我跑来。我吓得连忙后退。狗主人笑了。

我用力猛跺地板，小狗惊慌失措，一个转身，窜到了主人的身边。

我走远了，狗还留在那里。

我看着它又在试图与另外一个路过的人对话。那人用手将它搂了过来，抚摸着它的后背，又轻轻地把它放到地上。

这时，我真的看到狗的微笑了。

打铁

铁是风吹红、吹软的。风鼓里吹出的每一阵风，都夹带着甜言蜜语，可以让一颗坚硬的内核化为一堆泥，任由铁匠抡起的铁锤一次次锻击。

想来每一段走红人生，都需要一段柔韧的插曲。铁质不变，但千锤百炼，便有凤凰涅槃。

一间乡村普通的打铁铺里有真正的江湖，一把风鼓，一把铁锤，一盆冷水，再加上几件道具，以"叮当叮当"的敲打声和热铁探水的"嗞啦"声作为配乐，便可踏着有序的节拍，演绎一幕冷暖人生。

脚印

几个小孩子在沙滩上奔跑着，他们带着浪花冲刺海岸的猛劲，连笑声都洋溢着海水的味道，清爽、通透、有个性。

海浪用自己的奔跑一回回给海岸划线，它又成为捡脚印的人，一次次亲手将自己的脚印收归大海。

自从人因众多而成人海，商场因险恶而成商海，苦难因深重而成苦海，所有的奔跑便有了足够的理由。

一些上了岸的海水，将永远无法回归大海。海边遗留无数的脚印，看到或者看不到，与眼睛没有多大的关系。我是后来者，每次走在沙滩上，听到脚上传出清晰沙沙声，我都当是前行者的回响。

藏在声音中的脚印，离海更近了。

骤然而来的一场雨

骤然而来的一场雨，从高处撒下，落下的每一滴都非常结实。

窗外一阵慌乱。及时躲避的人，看着快速冲到屋檐下的另一批人，忍俊不禁。我站在窗前，也笑了。其实，我不知因何而笑。

雨没有被雨淋到，它落地的那一刻，成水了。流在地上的水，拥了土地的内心。当太阳再次出来，地面因此而变得干净舒坦，刚被打湿的衣物也干了，这场雨将会被迅速遗忘。

我们所看到的一场场雨，多数与别人有关。我们常常成为看风景的人。

鲜花的笑容

一束鲜花插在客厅的一只花瓶里，它们以水为泥，在我的面前保持着坚挺的身姿和灿然的笑容。这是它最美的时光，浓烈的花香和醒目的花色，迸发出一道道闪亮的光芒。

这让我想到了1998年早春的一天，我病中的祖母躺在老屋的床上。昏睡了好几天的她，突然睁开了眼，同我们说了好多话，最后，还向我抿了抿嘴。我高兴地认为，祖母的大病或许痊愈了。其实，祖母就是这一天去世的，书上说，这叫回光返照。

一朵花要在离开人世前，竭力展示最好的自己，这需要多大的力量啊！它真像我的祖母，长驻于我的记忆中，总保持着可以定格的微笑。

看云

白云将太阳抛出，乌云又将太阳隐匿。大地上投射着它们的影子。大地上也是这样演绎着一场场博弈。

我是看热闹的人，坐在凉亭的茶台边，看云。热茶已泡好，壶顶缭绕着一团团的水雾，像是刚刚路过的相互纠缠着的云。

天色渐渐暗去，想来没有谁告诉白云或者黑云，即将离去的最后一道光影，是自己离去的。

我想着，这也是一些曾经轰轰烈烈的世事每每如烟云过眼的原因。

乌龟的思想

阳台养了3只巴西龟，大的那只有约3千克重，养了14年，小的两只有2千克重，养了8年。时间让我们认识彼此。每次我靠近缸子，它们都会向我所在的方向围拢过来。看着我投掷食物，小龟慌忙低头抢吃。而大龟却总是爬在缸壁上，将脖子拉得老长，几乎接近我的手了，张着大大的嘴巴，露出锋利牙齿。它是希望我将食品直接喂给它吗？我试图比画着暗示大龟低头吃东西，但它却依然望着高处的我，一副渴望而失落的眼神。因此几乎每次都是两只守在低处的小龟吃得饱饱的，而大龟却吃得最少。

大龟想对我说什么呢？许多年了，我关注的始终是温饱，但一只生活在缸中乌龟却总试图与我交流理想和生活。

纪念一个死去的人

突然想到一个死去的人。那时的他身体轻薄如纸，却在我悲伤的时刻，还试图将我的悲伤收走。

生命何其轻，转移到疼他的人身上的苦就该何其重啊！像一团沉色的乌云，在化为雨滴之后，便会轻飘飘地跟上了风的足迹，任风走多远，它跟着走多远。

一种悲伤需要多久才能散落呢？这个答案可以问问浮在天际间的云了。

不自由的成长

海边，一棵棕榈树被铁架固定，它成长的方向只限于天空。

一场强劲的台风刚刚呼啸而过，这是大自然自由的表达。我看到棕榈树坚定地在风中，笑着与我对视。

一棵失去自由的棕榈树，却在享受着生活，没有一个人希望它挣脱枷锁。它自己也是这样想的。

捉迷藏

小时候，陪小孩玩捉迷藏的游戏，每次他躲好后，我会故意问一句：准备好了吗？只要他一回话，便也立即暴露了自己。看着我每次很快将他揪出来，他非常佩服地说，爸爸，你好厉害啊！那时，我常常为自己的小聪明呜呜得意。

小孩长大了，他再也不与我玩捉迷藏游戏了。

某天，我在楼下看到一个年轻的父亲也在陪自己的孩子捉迷藏，他玩得非常认真投入，找了很久很久，终于把小孩"捉住"了。

对于一些事，有的人重视过程，有的人看重结果。我发现自己一路走来，丢弃了太多生活的乐趣。

梅田影院

记忆中，小时候的电影院很大，那是黑夜里的空旷，带着大自然的回音。老家的梅田影院，此种阔达的感觉，尤为清晰。这是一家露天电影院，因为坐落于故乡一个叫梅田的邻村，故而拥有了一个颇为大气的名字。

梅田影院原为当年生产大队的大会场。混凝土结构的主席台高10多米，在那个年头，算是附近几个村庄里最为雄伟的建筑物了。改革开放的第二年，村里脑子灵光的一个村民将会场承包下来，进行砖墙合围，并加建了一条条水泥板，作为观众座椅，一家对外收费的影院由此诞生。

电影是留在我童年记忆里不多的大众娱乐活动。"彩色宽银幕""武打片""战斗片""反特片"是影院电影广告画中最常见的噱头，如同现在电影院里明星们的海报花絮一般。记得那时在这里最火爆的是《少林寺》，真可谓万人空巷，梅田影院连放好几个晚上，前来观看的人依然绵绵不绝。我们同学见面，都会问到，看《少林寺》了吗？李连杰不但是我们心目中声名显赫的电影明星，更是一个武功盖世的偶像，一些同学因此沉迷于习武，晚上连自习课都不上，偷偷跟着从外地来到村里开馆传艺的武师学起功夫，就是希望能在某一天，可以成为像李连杰一样豪气冲天、玉树临风的英雄。虽然我自小看起来文绉绉的样子，但也受此影响，私下跟着同学练了几招，因此被骂"不务正业"，在父亲棍子的敲打下，我最终放弃了成为"侠客"的念头。

我所在的善排村和梅田村早些年常有纠葛，但这并不影响同学间的交往。我的小学同班同学中有10多位就是梅田村的，因此前往梅田找同学玩耍，继而又去看一场电影，便是一个很好的理由，且百试不爽。在我记忆中，那几年看电影极少买票，当时自己的个子不高，1.3米左右的样子，属于可买可不买票的高度，并且也总会碰上电影院守门的是哪位熟好的同学父亲，他睁一只眼闭一只眼，我就头一低，呲溜就窜进去了。我同学中也有那鬼灵鬼灵的，只要看到有大人进场，便会装成是那人小孩，尾随其后，如此混水摸鱼，总也常常得逞。其实，在年龄大了之后也逐渐明白，并不是看不见，而是因为大家都是乡里乡亲，哪怕真的识破了，对于前来看电影的小孩子，守门的人也大多会网开一面，这就是乡村那从未曾改变过的质朴，日久弥深。

当时的电影拷贝非常紧缺，尤其是热门影片。抢片便也成为家常便饭。临近的几个乡村放影点需要对放影时间精准计算，以此来保证一卷片子可以顺利地从上一个点传到下一个点，确保每个点的影片播放都能顺畅进行。但由于交通延误或放映设备损坏等多种原因，胶片无法按时送到的情况也时常会发生，似乎大家已是司空见惯，少了吵闹，多了乐趣，小孩子张开的手臂，大人偶尔站起来无比高大的身影，都在那块方形的幕布上出现，引起一阵一阵的哄笑。由于放映机老化，转轴皮带松驰打结，造成胶片被热光灯烧坏的现象，更是寻常之事。"起火啦！起火啦！"，在小孩子大声喧嚷声和一阵大人的嘘笑声中，便可看到放映员熟练淡定地剪接着被烧坏的胶片，随着"咔嚓"一声，影院也恢复了原来的秩序。

　　从梅田影院回到我家也就1000米左右，但中间隔着一座座上了年纪的古屋，还要途经几口大鱼塘和当时生产队遗留下来的一个个便池。古屋大多是泥砖结构，经历了无数风月的洗礼，这些古屋已是沧桑而斑驳，若古稀老人，静默寡言。屋里已很少住人，但摆放祖宗牌位的功能没有变，逢上初一、十五，便总有那霜冷的烛火从那一座座房子里飘出，令人心悸。鱼塘因常有老人说过，里面有一种叫"水鬼"的精灵出没，使人每次夜里路过都心存恐惧。

　　在我的记忆中，电影再精彩，我也没有几次看完的。电影大多是晚上8点开场，但没看到一半，我就会在那凉爽的水泥板凳上迷迷糊糊睡着了。当我半夜醒来时，空旷的影院只剩下几个像我一样睡熟的小孩子，我便急急忙忙往家赶。1000米似乎并不长，但当脚步被各种传说中的惊恐所羁绊，黑夜越发浓稠，仿佛没有了尽头。在强大的阴影中，我惊惶失措地往家里逃。记得在一座古屋的墙下，有一只大母猪和它的10多个小猪仔，我这个半夜不速之客的到来，显然已打扰了它们的夜寝，在那阵阵同样惊慌的叫声中，我又走上了那条条塘梗上。隐匿在荒野之中的草虫显然也已入眠，随着我由远及近的脚步声，虫子一个个飞了起来，水塘边的青蛙则"扑通扑通"地往塘里跳的时候，营造出了各色的声音。祖母当年曾多次提醒我，夜间一个人在野地，如果有陌生人叫你的名字，可千万别回应，只要你接上他的话，灵魂就会被鬼气吸走了。此刻，年幼的我真的担心传说中的水鬼会在此时现身。这样的情景尽管每次都让我心有余悸，但我却是乐此不疲。那时的小孩似乎也没有那么金贵，夜里是否回家，几时回家，家长大多并不知晓的。

　　关于那几个便池，也有这么一件事让我记忆犹新。有一天刚下了一场雨，晚上，我一个女同学带着弟弟看电影，在皎洁的月光下，在经过那里时，女同学怕弟弟踩湿了鞋，便对他弟说，你往白色的地方踩吧，那些地方相对会干一点，他弟弟一脚就踩进了便池中，一直到了成年之后，大家说起来依然是捧腹大笑，她弟弟却说不曾记得这样的事情了，被岁月湮没的往事就这样一点点的淡漠，消遁不见。

随着社会的前行和科技的发展，乡村娱乐活动更加多元化，加上村里年轻人大多外出打工谋生，乡村的空心化无可避免，由此更进一步地加速了乡村影院消亡的步伐，梅田影院也不例外。这家影院踏入90年代后，就再也没有营业过了。电影业在城市里也曾消沉了几年，却是活了过来。这也是世间的另一种轮回吧！梅田影院却没有这种死而得生的机会。只是影院中那放电影的镜头和当年的月光却久久投射在我的心里，这或许是另一种永生吧。

旅游、诗及远方

生活不只是苟且，还有诗和远方。当日子成为乏味陈谷，到远方、到别处去寻找诗情画意，便成为一种堂而皇之的理由。

每逢节日、假期，也到了旅游的旺季。这是一个大多数家庭在经济和身心都足够自由的年代。于是在机场、车站、码头，总会看到这样的情景：一支支某某名号旅游团队的旗帜下，汇聚着一个个拖儿带女的家庭。旅游成为寻找诗和远方最直接的方式。互联网连通着祖国的各个角落，出行非常方便，消费更方便，一个背包、一部手机、一张银行卡足以让你畅游天下了。

祖国有万里河山，只要你选准去向，无数的粉墙黛瓦、曲径幽巷、林木花草、荒漠雪川所构筑的景观，都足以装饰你的视线和镜头。春天可看杨柳吐绿，姹紫嫣红，芬芳绽放；夏天可观赏荷塘月色，感悟炎夏中的娴静、素洁，也可到火把一样的凤凰树下，感受凤凰花的激情燃烧；秋天可去欣赏杏叶喷黄，枫叶流丹，让黄色装点画布，让红色涂抹夕阳；冬天可以领略白雪纷飞，松尖挂银，冰封雪雕，万山同色。处处美景，诗意盎然。

但诗真的只在远方吗？诗的踪迹隐匿何处呢？

常言说，旅游都是从自己住厌的地方到别人住厌的地方，由此说来，旅游便也是从别人的远方到自己的远方，从别人的诗篇到自己的诗篇了。

有几个周末，我带着家人，就在自己生活的深圳，先到离家30千米的海上田园去看鹭，又去了离家15千米的青青世界去踏青，后来又去了70千米外的杨梅坑看海听潮，并且当天晚上都入住所在景区的酒店。我突然发现，自己其实就生活在一座诗意丰盈的城市，这里的每一处美景，正是自己涉过千山万水到远方所要寻找，却又因脚步匆匆，在"到此一游"的旅途中所无法体会的。

有个爱旅游的朋友问我，一个人经常睡别家床，他会是一个怎么样的人呢？我一下子愣住了。我似乎有点想歪了，但我没有回答他。当他告诉我答案，我才恍然大悟，耳根发红。是哦，一个爱旅游的人，不是常常睡在别家的床上吗？从此处到别处，之所以产生距离之美，似乎全因一张床的差别了。不信，你试试看。

美景无处不在，诗和远方全因心境。

兰之梦

又一个强台风预警袭来，太太让我赶快清理一下阳台上放置的杂物，以免被强风刮倒。

在阳台的一角，一个普普通通的花盆里，我突然看到了一串正在伸长的花葶，它没有任何装饰，紧紧地靠住叶腋，但我还是一眼就认出了它。天啊！我们家的石斛兰一直毫无声张，突然对我说，它要开花了。

这株石斛兰是陪同蝴蝶兰来到我们家的。春节时，家里要购买一盆鲜艳纷繁的蝴蝶兰，装饰节日的喜庆。老板看我挺喜欢兰花，便从一个杂乱的大花盆里剪了一株石斛兰送给我。他说，好好养，兰花最通人性，待它好点，她就会用美美的花香加倍回报你。春节过后没有多久，摆放的蝴蝶兰已经枯萎了，这株石斛兰却在小花盆里顽强地生长着。其实，我对石斛兰的花季没有任何期待，知道它喜爱清凉，便把它放在阳台的边角，想起时，给它浇浇水、施施肥，对于老板的话，我也已经渐渐淡忘。只是出乎我的意料，才过了 7 个月，石斛兰就给了我这么大的惊喜。

我开心地将这一喜讯迅速发到了微信朋友圈，标题为"兰有梦"，下面附上石斛兰的图片及"我家有喜，兰怀孕了"的文字。一条短短的信息，引发了无数的遐想。兰是谁，你太太吗？第几胎？是男是女？正养着石斛兰，却苦于多年没有看到开花的朋友，更是羡慕不已。"兰梦"一词出自《左传·宣公三年》，据载：郑文公的妾燕姞梦见天使给自己赐兰，遂生郑穆公。后以"兰梦"为得子之兆。有诗句"谁令兰梦感衰翁""夜夜生兰梦"表达了此意。石斛兰的开花，这是实实在在的兰之梦。

我默默地看着这株石斛兰，突然感到愧疚。养花弄草本为我的乐趣，对石斛兰的照顾自然也属举手之劳。对于它，我常常一个星期，甚至半个月都没记得看它一眼。而它却将我对它的这么一点点好都铭记于心，一直沉住气，与飞逝的时光奔跑，践行着自己开花的梦想。

其实，阳光抚慰万物，哪棵植物不渴望花繁叶茂呢？就像每一个年轻的女子，都曾期待怀春，期待兰梦之兆。开花，需要缘分。每一朵开放的花，都应是对岁月最直接的表白。

当年，太太怀上孩子后，曾问过我好多问题，如喜欢男孩还是女孩，喜欢像她还是像我，等等。面对这棵有喜的石斛兰，我同样只想说，希望在它绽开的那一刻，不仅带来芬芳，更要带来生命的正能量，我期待它能用快乐、健康的方式实现生命的轮回。

阳台，一株孤寂的石斛兰，它正勤奋而真诚地守着花期。我在静候花朵打开的声音，那一定是馥郁饱满、清灵似眸。

石头会说话

近日，前往著名篆刻家钟国康先生家喝茶聊天，有爱好收藏的朋友带来了一块印石，钟国康仅仅用了短短的 6 分钟，一枚精美的印章呈现在众人面前。大家无不称赞，这块冷冰冰的石头，经过大师的神手，变得会说话了。

篆刻是一门书法和镌刻结合，制作印章的艺术，已有 3700 多年的历史，其兴起于先秦，盛行于汉代，衰于晋代，败于唐、宋时期，复兴于明代，中兴于清代。同样的一块普通石头或珍贵玉石，在篆刻家的刀下走了一趟，到了帝王家便叫"玺"或"宝"；成为官府公章就叫"印"；由将军使用称为"章"；供私人使用，即称"印信"。名称的差异，皆因石头自身的品质及最终花落谁家。

在我看来，会说话，这是石头的天性。一块普通的石头，都以自身纹条示人，诉说岁月的年轮和世事的沧桑。石头的灵性就在于，它在什么地方，站在怎样的高度，经过何人的手，就会说什么样话。一块埋在地底深层，尚不谙人事，不开眼界，没有任何人间际遇的石头，便只能靠自然、真实的特性吸引人，说着朴素的话；钻出地面，经过精雕细凿，尤其是经手于名师巨匠神刀的石头，自然脱颖而出，或步入富贵，或权威在握。如此可见，石头说的话，其实都是说人话，它掌握在谁的手里，就表达谁的思想。

古代，见章如见人，县官上任，凭的就是官印。曾有犯了官瘾的恶贼在半路将官员杀死后，拿着"公章"混官去了。最后因本性难移，才露出尾巴。现在的单位的公章都需要公安部门备案，单位一把手及财务人员的印模都要在银行备存的。一块石头的话语权可见一斑。

著名篆刻家刘闻千先生专门挑有特点的价格不高的丑石顺势雕刻，本不金贵的石头，却让他点石成金，成为业界争相收藏的宝物。石头经过大师的手，说话的分量也不同。篆刻家自身的功力的差异性，让同样内容、同样品质的石头，说出来的话也不一样。一块石头，凝合了艺术家几十年的功力修为，自然更加栩栩如生，更会说话了。

人的寿命都是有限的，艺术的生命却可恒久。一块神采飞扬的石头，在时光的洗礼下，成为古董，可收藏，用于保值增值。这也是很多人喜欢在印章上留下自己名字的一个原因吧。

知识改变命运，有文化的石头前程无量。这无论对于一块普通石头，还是一块宝玉，甚至一个人，皆是如此。

撑得住

从鱼店买回来了几条小金鱼，儿子第一时间想到要给鱼缸里的小鱼儿们撒鱼食，爸爸，你看，它们吃得多欢，肯定都饿坏了。鱼儿吞吃鱼食的样子，就像儿子在吃他喜欢的比萨。

第二天起床，小金鱼却全部翻着肚皮，死掉了。我急忙向鱼店老板询问原因，老板说，这些小鱼，就像一个爱吃的小孩一样，给它多少吃的，它就算很饱了，也会拼命往肚子里装，它们都是被活活撑死的。原来鱼没有胃，鱼食直接进入肠子吸收营养，但在无节制吞食的情况下，极易引起胀肚，鱼儿消化食物的过程更需要充足的氧气，吃得过饱、胀肚，加上水中缺氧等，这些都是最终造成金鱼死亡的原因。

撑死人的事，在文字上也是看过的。在饥荒年代，饥民在饥不择食的情况下，吃上过多太干的食物，在喝上水后，极容易引发急性胃扩张、胃破裂而导致丧命。一个人只喝水不吃其他食物，是可以坚持 4 天左右的，但如果在饥饿面前失控，可能几个小时就会失去生命。

这其实也是一个人应该吃什么和吃多少，做什么和如何做的问题。

如红枣，一个脾胃虚弱，倦怠无力的人，每日吃几颗，能补中益气，健脾胃，增加食欲，但过量食用却又有损消化功能，适得其反。

撑死人的，不仅有食物，还有金钱、肚量，等等。鱼儿是因为肚子的问题被撑死，人的肚子是听脑子指挥的，因此撑死人皆因脑子出了状况。

在《阿里巴巴和四十大盗》的故事里，阿里巴巴的哥哥戈西母从弟弟嘴里得知宝窟的信息后，便试图将里面的财富全部据为己有，最终不仅自己身首异处，还差点给弟弟带来杀身之祸。这是利欲熏心，被金钱撑死的。

《三国演义》中"三气周瑜"是其中的经典章落。"既生瑜，何生亮？"这故事虽然与历史不相符，但文字却可以教谕读者，人要能装得下一些不喜欢的人，吞得下一些不中听的话，消化得了一些不合心意的事，否则也可能像周公瑾一样，因为缺乏足够大的肚量，被诸葛孔明活活气死。周瑜若非英年早逝，三国的历史或许是可能重写的。

梦想就像一份美食一样，诱导着我们从农村奔往城市，或从城市回归农村，从甲城飞往乙城，从 A 公司跳槽 B 单位，最后能否成功，在很多时候也是看你能否撑得住，撑得稳，一份有质量的坚持，是会等来浴火重生的机会的，有合理的撑法，就能撑通钱路，撑顺前程，撑开一片新天地。否则，也是可能撑死人的，或者成为活死人，人活着，心却死了。

吃一餐少一餐

与一个要好的朋友一起吃饭，生性乐观的他突然说，好好享用啊，吃一餐少一餐。他的话吓了我一大跳，忙问他怎么了？他轻松一笑，没什么啊，一个人，再怎么能活，能活过 4 万天吗？难道不是吃了一餐，就少了一餐吗？

大多数人一天的日子都是这样过的。早上起床，用早餐，上班或上学，接着用午餐，短时间午休，继续上班或上学，傍晚再与家人或朋友共进晚餐，最后进入晚上休息时间直至夜眠。这是生活的一个螺旋。一个人从步出总角之年起，由舞勺至舞象，从弱冠到而立、不惑、知命、古稀、杖朝，最终清享耄耋之年，甚至跨过鲐背，直抵 100 岁期颐。无论生命有多长，每天所分得的时间，都是公平的，不长一点，不短一节。都是一日三餐，一天同样分成 24 个小时，尽管在时间的刻度上，昼夜有长有短，此消彼长，但 24 个小时的总长度始终是没有变的。一个人离世时间无法预计，但从他离开人世的那一天起，回望他曾走过的每一天，计他吃的每一餐饭，事实也是吃了一餐就少一餐了。

每个人的生命，似乎都是参照别人，才更能说明长度。过了不惑之年的我，在已跨入古稀之年的母亲眼里，我似乎仍然是一个小孩，尽管她步履艰难，但她总是试图以一种健康的状态站在我的面前，希望一如既往地照顾我，而我却只有与自己的儿子，一个舞勺之年的小男孩站在一起的时候，才更能深刻地体会着岁月在自己身上烙下的痕迹。在一分一秒中，我人生的40多年已过，以一日三餐来计，自己吃了约5万餐，也少去了5万餐。

时光如水，春去秋来，一年一季的春花秋月，花开花落，就像指尖的一滴水，留在手时，可以感觉到它的温度和湿度，它蒸发的过程，没有声音，也没有轨迹，却实实在在是在流逝中。吃一餐，少一餐，这话乍一听似乎有点悲观，却说明了一个关于光阴稍纵即逝，一弹指顷的道理。

有关珍惜时间的名人名言挺多，文嘉的《明日歌》是每个学子最早读到的，"明日复明日，明日何其多，我生待明日，万事成蹉跎"。颜真卿在《劝学》中写道："三更灯火五更鸡，正是男儿读书时。黑发不知勤学早，白发方悔读书迟。"这都是在告诫后来人，时不我待，岁不我与，每个人需要日迈月征，兼程并进，夜以继昼，只争朝夕，才能有所为，有所成，如果虚度光阴只会蹉跎自误，最终一事无成。

"吃一餐，少一餐"的说法没有错，用在每种动物的身上，也是如此。人与动物固然都是"吃一餐，少一餐"，但人与动物，人甲与人乙之间的不同恰是在两餐之间的付出和所创造的价值。或许在后面加上一句，"做一事，成一事"更为适当，如此，时间便有了不一样的正能量，我们所吃的每一餐也当有更大的意义。

第五辑　琐事如烟

起个好名

　　妻子的好友送来了一只蝴蝶犬，鬼灵鬼灵的，自从来到我家，便很讨人欢心。每次我下班回来，它都会主动迎上来，露出那排洁白得像雪一样的牙齿，用长而柔软的舌头舔个不停，还不时用一双媚眼瞟着我，一副娇态，给了我们增添了不少欢喜。孔子曰：名不正，则言不顺；言不顺，则事不成。妻子说，这只小狗来到我们家也十来天了，看它是死了心要跟上咱们了，你是文化人，给它取个好名字吧！

　　姓名是中华名文化的脉承之一，它是以血脉传承为根基的社会人文标识。它是一个人固定的符号信息和生存、发展不能缺少的工具。一个人的名字由姓和名组成，大多由长辈所起，并且有都有一定的含义。古人云："赐子千金，不如教子一艺；教子一艺，不如赐子好名。"因此，如果去测字算命，除了看生辰八字以外，算命先生还可以从你的名字中说出个一二。由此可见姓名之重要性。

　　对于人类来说，姓名大多寄予了长辈的期待和祝福，尤其是中国人，姓名学甚至成为民间一道补救纠偏的学问。研究者认为，一个人命运是

164

由其磁场所决定的，而影响磁场主要因素是磁场震动的频率，名字的发音就是声音与磁场，名字频率高则代表一个人的悟性高。与此同时，起了一个好的名字，可以时时传递正能量，别人总会在不经意间想到你、提起你。

对于这样的论点，无论你是否相信，都是真实存在的。古时因取得好名而春风得意、独占鳌头的便有多位。明代永乐年间，殿试原定状元为孙曰恭，榜眼为邢宽，但永乐皇帝朱棣认为，孙曰恭的名字合起来变成了"暴"字，似乎是讽刺皇帝是暴君，然而邢宽这个名字却很好，有"邢"政宽和之意，由此邢宽成了状元，孙曰恭变成了第三名。清代光绪年间，慈禧太后主政。刘春霖参加殿试，因为他的名字"春霖"有春天的雨霖的意思，再加上姓氏与"留"之谐音，与老佛爷期望自己恩泽永存、流芳百世的心境正好相合，便被点为状元。出身于多代贫农家庭的我出生后，上辈便给我起了一个"善文"的名字，及至弟弟，又起名"善武"，希望我等后辈能文能武，文武双全，名如其人。不过，现在我们兄弟俩，文者不文，武者不武，这也说明了，愿望是美好的，它与现实总是存在相当的差距，任何好的祝福，穿耳而过就是，不能过于当真，就像过年时，南方人见面，晚辈都会说"恭喜发财"，财（利是）倒是发了出去，但这一年是否发财，更多还是要靠自己的努力。想想，像邢宽如果自身不具有榜眼之才，刘春霖不具有殿试之功，再好的名字也是白搭功夫，这才是实理。

小时，在农村养狗，狗是极少有大名的。这倒有点像我自己的一些同学发小，长得黑点，便叫"黑仔"，长得瘦点便叫"瘦狗兵"，长得胖点叫"佛爷"，学名只在填写试卷时才可能用上。蝴蝶犬作为狗家族中的一个普通品种，能有一个大名，也算是对它的喜爱和另一种认同了。但起个怎样的名字呢？这却是颇费心思。给人和给动物起名，最大区别在于给人起名字，得益者大多为名字的所有者；而给动物起名字，则受益者大多为命名者，不是希望动物的好名字给自己带来好运，就是希望这一命名给自己的生活带来情趣。

对于起名，蝴蝶犬是没有多少兴趣的。无论是叫它黑黑或者白白，或者不黑不白什么的，只要听熟了，它自然心领意会，名字对它来说，真的只是一个符号。但我这边却不容含糊，给狗取名，似乎是在给自己取一样。有文友建议，发微信朋友圈吧！高手在民间，肯定有很多好的建议哦！果然，微信迅速刷爆，朋友们都很积极，从英文名到中文名，一下子提供了几十个，但来得最多的却是"旺财"。

"旺财"一词，普遍用于对狗的昵称，指催旺财运，旺财运，财运好，发大财。周星驰电影《唐伯虎点秋香》首次将其用于对爱犬的称谓，这一词语便由此深入人心。小区里叫旺财的小狗还是挺多的，可见希望小狗"汪汪"自己的人还是大有人在的。但这只蝴蝶犬断然不能称为旺财，因为可能半路叫一声旺财，不知有多少小狗会跑过来，而且也达不到"文化"的要求。起个狗名，却已让我左右为难。

狗有狗命，人有人运。起个好名，自然不能改变这只狗的前程，让它飞黄腾达、前程似锦，因为我的前程，才是它的前程，但起个有文化的狗名，却首先需要一个更有文化的自己。这是给狗起名的另一种启示。

卖币

太阳照在深圳河上，热烈而刺眼。

这是 1997 年 5 月底的深圳。再过一个月，与深圳一河之隔的香港将回归祖国，此时的赤县九州，爱国的热情已近沸点。情同此心，我亦为此而异常的欢欣雀跃。

但今天，我正走在卖币的路上。我卖的是香港硬币，是回归前发行的香港硬币，是带英女王头像的香港硬币。这是与赚钱有关的重要事情，一般都是说三遍及以上的。

当时我在一家单位从事文字工作，非常喜欢收藏点什么的，在深圳收藏品市场发现举国收藏回归纪念品的"商机"后，我便也想着去弄点香港硬币，赚点小钱。

弟弟阿武在一家外资公司当财务总监，与公司周边各银行网点柜台的小女孩们关系不错，他生了一口沾蜜的嘴巴，人见人爱，花见花开，自然可以帮得上忙。他以业务需要为由，用纸币换回了大批的香港硬币，我们再从中挑出带有英女王头像的，如此慢慢积少成多。

这批硬币将转卖给一名来自河北的陈总。这回已是我们之间的第三次交易了。按照约定，硬币直接送到罗湖区蔡屋围的一个城中村。陈总临时住在亲戚租住的出租屋。

本次要卖的硬币有 30 多千克，比前两次都多，装了一大麻袋，面值有好几万块了。这也几乎是我全部的积蓄了。

小妹阿敏昨天把硬币清洗了一遍，按 1 毫、2 毫、5 毫、1 块、2 块、5 块面值分好类，每类都装成一个小袋子，并标上了个数，这样很方便合算出价钱。

当时还没有建设地铁，公交车是人们出行的最重要的交通工具。这天是周末，外出的人非常多，我从宝安一个公交站台挤上了一辆经过罗湖区蔡屋围的公交线路。

"装的什么？往后挤，往后挤！"公交车司机看我扛着这么一大袋的东西，大声嚷着。我便谎称是一点装修材料。他说，如果不怕碰不怕踩，你就放在我旁边的过道上吧，你往后面走。司机看我戴着深度近视眼镜，也算是一种关照了。

车厢乘客挨肩擦背，如此重量的东西，想搬动一下都不容易。我把麻袋平铺在过道上，往后挤。但视线始终没有离开我的"钱袋"。我看着后面上车的人，一个个从装满硬币的袋子上踩过。

从下车的地方到陈总住的地方还有 2 千米路。我把 30 多千克的硬币扛在肩上，只感觉泰山压顶，寸步难行。但一想着背的是钱袋子，是背着一个闪亮亮的赚钱梦想，我突然感到越走越有力量。

这个陈总长得膀大腰圆，他是专门做钱币收藏品批发的。我走进去时，他正光着膀子，喝着小酒，南方的天气实在太热了。

他看我汗流浃背的样子，招呼我先坐下来，喝几口凉水。当时报纸常有某歹徒用计下药的新闻见于报端，到了一个陌生的地方，小心驶得万年船啊，因此，那水便也没有喝一口。

陈总的港币卖得火爆，他的传呼机响个不停。他笑着说，我在全国各地卖这种港币，也是在为香港回归做贡献的哦！想想也是，既见证一段即将过去的历史，也可以赚到钱。

或许是有了前两次交易的经历，陈总认同我还是一个老实人，这次他没有——清点币额，简单让我报上各种面值的总额后，便用人民币结算给我。当时的港币还非常坚挺，1块港币正常情况抵1块1毛人民币。我用1块钱带英女王头像的港币，卖给陈总是算1块4毛的。这对于我来说，已是非常丰厚的回报。当然，他会赚得更多的。

回到家里，我才发现自己肩上已是乌青乌青的一大片，那些淤血在三个月后还可以看到痕迹。看来，赚钱在任何时候都是要付出点代价的。咱们赚的是小钱，所以别看那些大老板日进斗金，风光无限，或许人家付出的血汗更为心酸。

收藏有时就像一阵风，很多人买回去的硬币等纪念品可能都已成为箱底货了。对于香港回归，国家每年都是要庆祝一番的，每到这一天，我也会记起卖港币的时光。

乡情的味道

　　堂侄子结婚，我应邀驱车 500 多千米，回农村老家参加他的婚礼。堂侄子与我一样，都在珠三角地区工作生活。他原本计划在老家县城的一家酒店摆酒席的，但村里其他长辈认为，农村的婚事，只有在农村办，才更有乡土味。酒席共有 40 桌，需要提前好几天来备菜，开席的头一天，几十个乡邻更是通宵达旦又煎又炒，但他们却乐此不疲。第二天，几个掌锅的堂叔、堂哥尽管非常疲惫，但喝起酒来，却是亢奋得像打了鸡血一样，喝到最后，似乎是醉了，却又说着极其清醒的话。我想，他们喝的不仅是喜酒，更是乡情。只有蘸着乡情的酒菜，才这么打气提神，才有这样特别的味道。

　　故乡是雷州半岛的一个具有 400 多年历史的村落，它曾多次以村路、老屋、洋田、溪流、祠堂、学校等为载体从我的笔端流出，并以文字的形式凝固。它在我记忆深处的脉络，曾经一片茫然。我竟然忘记了，故乡的一草一木、一景一物，其实全部由一个个与吃有关的情景串联起来的。在村子的路上，我曾与发小一边玩耍，一边分享好吃的野果；在老屋里，我们围着长辈，吃着特别制作的糯米煎饼；在洋田的田埂上，我等待着生产队的炊事员送来可口的饭菜；在小溪中我与伙伴们一起捕捉鱼虾，享受着大人的赞扬；在祠堂里，我们磨着口水，期待着分猪肉的最后时刻；在课堂里，一个要好的同学正偷偷地递给我几块他姑姑刚带回来的糖果。这样的故乡，才是鲜活的，有味道的。

关于故乡的记忆，很多时候都是与吃有关的记忆。唐代司空图在《故乡杏花》中写道："欲问花枝与杯酒，故人何得不同来？"李清照在《菩萨蛮》中写着"故乡何处是，忘了除非醉"。这些著名诗人词家提到故乡，都爱提到美酒，他们都希望以醉的方式，来表现对于乡情的迷恋。我很少喝酒，但我也会醉。小时候，在村里，哪家燃起美味的炊烟，邻家的碗里便也缀上几块同样的味道。这种醉人的回忆，如同美酒一样，时时令人沉迷于幸福之中。无论美酒还是美食，大多数都本不醉人，而是人自醉的。

如果问，在农村办酒席累吗？答案是肯定的，但这却是开心的累法。我这次是带着读小学的儿子一起回去参加婚礼的，他的脸上同样充满快乐。酒席上的饭菜，其实我们在城市里也常常品尝到的，但一样的酒菜，皆因注入了乡情，便也增加了幸福的元素。

每个人都有自己的家乡，便也有着不一样的乡情。在城市生活，邻里之间的沟通似乎不多，皆因缺少一个"情"字。事实上，我们居住在一个比村子更小的住宅小区，彼此的距离比农村的村屋更近，贴得更紧，甚至邻里之间只隔着一堵墙，却因这堵墙是水泥钢筋构筑的，而缺乏感情罢了。有时，我从老家带回特产，都会让儿子给邻居家也送点，希望以此打通彼此心壁，开始邻居们都很客气，慢慢地，他们也爱给我们送来好吃的。大家彼此的笑容，便也是这样因为有吃的而慢慢打开了。

我在想，城市的钢筋水泥虽然看似冷漠，同样也是可以品尝故乡的味道的，主要看你是否愿意把异乡当故乡，并投入足够的乡情。

古画

老李是我的同事，深圳本地人，酷爱书画收藏。

老李的工作台上总放着那么几本收藏书刊，他读起来总是有滋有味。他聊起书画，天马行空，一副行家作派。或许是近朱者赤，我与老李便也趣味相投，没事总会跟着他去附近的画廊或书画家工作室，当个打酱油什么的。

这天快下班了，老李对我说："老陈那边来料了。"来料的意思是来了好的藏货。老陈是河南人，我与他也认识，他原先是宝城五区摆地摊卖点旧钱币或者什么陶瓷制品，摊上卖的大多是假货。就此，老陈常为自己辩解，一分钱一分货，几块钱你还想买汉代的钱币，几十块还可以买宋瓷不成，想想也是。老李同他买过两幅画，听说都有点年份，老李说那两幅画他拿着镇宅。

这次，老陈带来的是一幅言称是清末某画家的画作，也不算什么名家，约两平方尺，他要价九千元。这画看起来确实有点古味。老李颇为心动，只是嘴里却说："贵了，贵了！"如此自然是一番讨价还价，最后以 6000 元成交。我用广东话在一旁提醒老李，这画要看仔细点哦，小心是仿制的！老陈是听不懂广东话的。老李对这画的品质却信心满满。

一手交钱，一手交货，回到路上，老李忍不住又将画作拿了出来，端详了一番。一回到办公室，他马上又让我帮忙上网查查这名画家的信息。网上有关资料也不多，总算找到一条，大意是他有一幅画拍卖了 43000 元。此时，老李感觉到自己可能买到了赝品，但江湖规矩，老李是不能退货的。

接下来的几天，老李显得心劳意攘，默默地看他的收藏书刊，很少与我们聊起书画。

这天上午，我正在外面办事，老陈给我打来了电话，说想出双倍价钱，向老李买回那幅画，他边说边唠叨着埋怨老李。他让我劝劝老李放手，因为才那么几天，价值都翻倍，大赚啦！回到办公室，果然看到老李在一旁意气扬扬，眉飞色舞的样子。他说，英明决策啊，想不到弄到了好货色。

老陈的电话也一再打给老李，说他对这货要的挺急的，是一个新加坡的朋友喜欢上了，他朋友准备回新加坡了，他愿意再加 3000 元给老李，如此一来，这幅画就是 15000 元了。老陈也再次向我求助，嘴里念叨着："这画也是不知真假的嘛，我也是想弄点差价罢了，老李这人怎么这么死脑筋呢？"

但老李却始终不为所动，他说，老陈这一套咱见多了，他鬼精鬼精的，不就是编个故事想把这幅画弄回去吗？老弟，你动动脑筋好不好呢？不是劲嘢（广东话好东西之意），他会下这么大的重本吗？

老李甚为自己的果断出手感到志得意满。那段时间，他也常常把那幅画小心地铺放在办公台上欣赏一番。

3 个月后的一天，恰逢几名圈内书画鉴宝专家来他办公室做客。老李兴致勃勃，将那幅画拿出来给大家品鉴。其中一名颇为权威的朱姓大

173

师说，这幅画，应该是高仿品哦！朱大师的话，令老李顿时愁眉锁眼，怅然若失。

从那天起，我再也没有听老李说起这幅古画。

沙岭坡纪事

清明节的沙岭坡，几乎每一座墓茔都将再次燃起久违的烟火。在先人生活的另一个世界，又是一年了。

在祖父、祖母坟头，父亲带着我们拿起锄头、镰刀，像农夫一样清除着墓上的杂草、灌木。锄头、镰刀都是祖父、祖母生前熟悉的农具，他们去世后，一直存放在家里库房的一角，尽管多年已不事农活，但在清明节这一天，总会派上用场。父亲叮嘱我们，清除墓上的杂草，务必做到除根，他一再强调，对上面嫩绿的小草，就别伤了它，留着好，能护土。上坟一年一回，时间并不短，草可以枯荣几回，一些能长的小灌木丛，甚至长成小树了。母亲将带去的饭团，还有烧猪、烧鹅等祭品，整齐摆好，招呼我们和孩子们一起跪拜先祖。母亲一边烧着纸钱，一边嘀嘀咕咕着，从她的表情，我也猜出她说的是什么。

祖父、祖母的墓，一前一后，像在世一样，祖父主外，祖母从旁协助，带领着一大家子艰难前行。他们去世时间相差 10 多年，在寸土如金的沙岭坡，还能够像活着一样肩靠肩、背靠背地守在一起，这是作为后辈的我们一直感到庆幸的事情。

　　沙岭坡东西坐向，前眺旷野，后背青山，是故乡一块面积约8000亩的长条形丘陵高地。相传，明朝早期，这里仍属荒芜之地，先民零星居住在山坡下，某天夜半，狂风大作，飞沙走石，山坡上的树木全被刮走了，留下了这一地的黄沙，黄灿灿的细沙像梳过一样，先民们给它取名沙岭坡。因为众人皆认为这里为神地，故而没有人敢独自占用，再加上此处土地干燥，慢慢地便也成为周边几个村庄的公共坟场。沙岭坡名字听起来有点怪，按理来说，岭是岭，坡为坡，但一直都这样叫着，而且一叫起来起码就有好几百年了。在村子里，若说到将某人送到沙岭坡，大家就知道他肯定已经死去了。

　　祖父、祖母的安身之地，都是父亲带着风水师傅看过好几块地后，才最后选定的。祖父、祖母操劳一生，为这个家耗尽了最后一滴心血。祖父去世前一天，还在忙于农活，祖母更是临死都想着我的婚事，什么时候娶妻，什么时候生个曾孙给她抱抱，其实那时，她是连说话的力气都没有了。风水师腾叔是我们邻村的，沙岭坡的每一寸空地，他都了然于心，是这块墓地的活地图，谁葬在哪里，头往哪个方向放，似乎都是他说了算。人死之前，所得到的来自世间的最后一个消息应该是将长眠何处，但人死后，这一切都交给活人摆布了。祖母的墓地原本计划选定在一个位置相对宽敞的地方，但最终还是选择现处，这里确实有点挤，但我们还是希望祖父、祖母在那头也住得近一点，彼此有一个照应吧！母亲对祖父、祖母的墓地是满意的。她悄悄对我说，你看你爷爷、奶奶的墓头上的小草，好像城市绿地上的风景草一样，又嫩又青，老人家睡在里面，一定是冬暖夏凉。不难听出其中的潜台词，她想告诉我，祖父、祖母墓地的位置是一块风水宝地，我们家现在平安和顺，多亏了祖宗在天之灵的庇佑。不过，我看了看旁边的其他坟头，同样也长有很密很绿的茸茸小草。母亲的话，我没有点破。

176

祖父的墓碑是他去世 13 年后才立起来的。按照我们当地的风俗，一个人去世至少 5 年，逢单数的年份，后人才可以给他的坟头培土、立碑、修墓，叫"开墓山"。给逝去的先辈"开墓山"，这是一个家庭非常庄重的事。父亲事无巨细，提前一年就进行张罗。那一年，母亲三天两头就给我打电话，催促我尽早找个对象，完成婚姻大事，让当时的我颇为不解。看到新落成的墓碑、墓亭等，已是清明节那天。墓亭顶上镶上了金黄色的琉璃瓦，甚是端庄气派。祖父的墓碑竖立在墓亭下面，墓碑上面刻有祖父的名字、出生和去世的年月日，以及祖母和我们一大家子的名字。让我最感到诧异的是，竟然有我二弟女朋友的名字，我知道当时他们尚在热恋中，至少是没有真正登记结婚的，怎么就写上去了呢？如果后面有什么变化，这可将如何应对呢？由此，我也理解了母亲打电话的动机。好在后来，二弟的女友也成为我的弟媳。

　　不过"开墓山"的第二年，我们清明节上坟，就看到新落成的墓亭左边一个檐角已被敲断了。在祖父生前，父亲对祖父非常敬重，这次"开墓山"，尽管花钱不多，但父亲却是至纤至悉，这也是他对自己至亲表达敬意的方式。我问父亲，这是什么人干的，怎么如此缺德。父亲将散落在地上的残瓦拾起，放到了墓碑的边上，说道，应该是檐角所对的这个黄排村人吧！他们认为你爷爷墓碑的利角"伤"到他了。父亲苦笑着。对于这种破坏墓亭的行为，他似乎也没有表现出强烈的反应。因为一座墓亭的建成，而给他人带来不吉不顺，这并不是父亲的初衷。

　　沙岭坡是死人的长眠之地，却在为活人的生活质素提供依据。故而，尽管村子与这块土地渭泾分明，活人与死人之间阴阳隔绝，却总是心脉相联、无法割裂。堂哥清兄小时常有头痛，抓来多种药方仍然无法根治，卜算的说，你这小孩被他曾祖父的墓伤了。为此，大伯将曾祖父的墓挖开了。那天是我人生第一次如此近距离地去瞻仰一个人的遗骨。这是一块块与我血脉相连的骨头，上面已没有一点点血色，但我仍然感觉到一股股血气澎湃而来。我当时也才 10 岁左右，却一点也不恐惧。时光的洗礼可以冲淡太多的东西，却永远无法割断血源。大伯一块块地从曾祖父的棺木里捡拾着遗骨，一边说，棺木里有蚂蚁窝了，所以你清哥的头才痛的。我看了一下，确实有好多蚂蚁正生猛地爬动着，大伯烧起了一把火，将骨头上的蚂蚁烧死，又一块块地将骨头放进特别准备的土罐中。曾祖父的遗骨另外找地方安葬了。说来也怪，清兄的头痛自此竟然不治自愈。不过，对于这些，我是无论如何也不会相信的。我断定，大伯埋下去的是一块心病，心病剔除了，人便也安好了。类似这类的事，也是挺多的，就在我祖父祖母的墓不远处，曾葬有村里一名陈姓婶婶，墓修得挺好的，又大又圆，但听说因为子孙被"伤"，又被挖出，换一个地方重葬了。不过，她的墓迁走不久，那块墓地又成为了另一个人的墓茔了。合与不合，其实都因人而异。一块墓地，同样地演绎着世间多少事呢？说到这里，我反倒理解父亲为什么在祖父的墓亭被砸，他还是那样心平气和了。

在我们老家，自古以来，人死后大多土葬。有人估计过，在沙岭坡，大大小小的土墓就有上万座，尽管这一墓园已历经数十代人，几百年了，地还是那么大，但这里似乎天生有宽厚的肚量，不管死者贫穷，还是富有，不管是世俗中的坏人，还是好人，不问出身来路，来者不拒，来多少，埋多少。只要是附近村庄的人，只要能在其中找到可能可以埋下的那一块小地，都能就此入土为安。好些年来，几个村庄之间不时因土地，甚至一点鸡毛小事引发争端、打斗，唯有这片墓地至今没有被哪个村想着独占，依然被视为"公地"。

父亲对我说，40 年前，这片墓园曾因政治运动受到了较大的破坏，一些老墓都被挖掘了，墓砖用于铺设生产队的晒谷场，用于修建村里的猪栏，棺木被用作尿桶、板材。在我幼时，确实还看到早些年被丢弃的整块棺材板，它们被我那些喜欢游泳的小伙伴们当成了小船，在门口的池塘中玩乐。就是我家，也有几座先祖的墓被要求挖掉。当时，是我祖母心生一智，带着众族人，将几座墓堆一一铲平，这一瞒天过海之术，最终让三座古墓得以保全，并在后来重新堆了起来，但也有两座墓就此消没于这块土地，有一座是被人发现而挖掘，有一座则是再也找不到原方位了。被平墓后而腾出来的沙岭坡部分土地，一开始成为附近学校的农场用地，用于种植甘蔗，至 20 世纪 80 年代，学校将这一片土地废弃，于是便成为村民的开荒地。村民们根据季度种上了花生、番薯等农作物。一些墓地之间的空地，也常常被用于种植杂粮。这块浸润着祖宗骨气的土地，换种方式，喂养着自己的后人们，或许，血脉的延续就是如此生生不息吧。但这样的开荒地，一旦被他人选上作为墓地，便也无话可说，这也是作为公共墓地的沙岭坡必须认的理。

在我的记忆中，沙岭坡是一个阴气很重的地方。儿时，与鬼怪神明有关的故事，大多也与这块土地有关。有一传说，某个清明节，有一人给先人上坟回来。在他穿越墓场的时候，突然听到有人在自言自语："已过正响了，咱们的子孙为什么还没有过来扫墓呢？"此人环顾左右，并无他人，只有不远处一座墓尚未有人拜祭。他走上前去，说道："仙家，你的子孙或许是有事耽误，我替他们先尽孝道吧！"此人为这座墓祭拜后，自始发达。现在听来，这样的故事，不外是传递因果报应，劝导活人要讲孝道，讲孝道方有福报。

此外，还流传着据称是我们村里人经遇的事，说的是沙岭坡上常闹鬼，村里几个胆大的年轻人想着结伴前去探个究竟。在一个月朗星稀的晚上，几个人来到了沙岭坡，摸到了坟墓最密的一段，有胆大的，还爬到了坟头上。果然，雄鸡鸣啼三声后，冷气席起，扑面而来，并伴有不明声响，众人惊惶失措、落荒而逃。自此，再也没有人敢夜半独闯沙岭坡了。这样的传闻，大大喧染着这片土地的诡秘，无非就是说，这块不属于活人的土地，希望保持它固有的一方安宁吧。在我儿时的记忆中，它留给我印象最深刻的是，在我五年级那一年，我带着锄头前往沙岭坡挖蜥蜴，在回来的路上，看着一条小道崎岖不平，便不自觉地停下了脚步，慢慢地平整起路面，差不多完工时，才发现有 4 人抬着草席包裹着的死人从村子那边缓缓而来，他们与我的距离只有 20 米远了，吓得我慌忙避让。后来，才知道，被抬的是我们村的"土公"兆离伯。"土公"是我们当地对专门办理死人后事的人的称谓，他的工作主要包括为死人洗漱、换衣、出殡、下葬等。兆离伯一生在沙岭坡埋过多少人啊，这是多大的功德，他没有后人，村里的族兄弟又把他埋在了这里。像他这样的人的墓地，过了上百年后，很难说，会不会再次成为别人的墓地呢。我自己很意外地用这种方式为他送了一程。在他之后，我们村里再没有人当"土公"了，一些丧事，都要请附近村庄的"土公"前来协理。

南方的清明时节，总有风夹着一层层热浪，无限地笼罩着墓茔星布的沙岭坡。每到这一天，我便不由想到了杜牧的"清明时节雨纷纷，路上行上欲断魂"。这是被时光被泪点洗过千万遍的名句，多么应景啊！但在我 40 多年的清明节记忆中，真正碰上这样逐意营造氛围的天气，却真没有几回。今年也不例外。

在炙热如火的阳光下，母亲用木棒子翻动着已经燃烧着的纸钱，嘴里说着，今年给你爷爷、奶奶多烧一点，他们在那边多花点，你们年轻人在这边多赚点。这些纸钱大都产自几千米远一个叫东井的村庄。人间用什么钱，"地府银行"便也会生产出几乎同样图案的冥币来，金额多为相同图案货币的 100 倍以上。冥币的制作工艺越来越精细，远远看去，被烧的就像是我们正在使用的钱币。在火光中，我甚至看到了美元和一些不知名的外国货币图案。这是银监部门所禁止的，不过似乎并不顶用。儿子说，如果老祖宗们每个人都有这么多钱，谁还会干活呢？那他们会不会买个面包都要花好几万元啊？他的疑问，大家也都一笑而过。

在我看来，多烧纸钱，也只是活人表达思念和感恩的方式，希望在这种一年一回的阴阳对话，找到心灵的慰藉，寻得几份力量，表达一份无法逃离的感激而已。这也是每年清明节，无数身居他乡的人们不远万里回到故乡，虔诚地来到这一块亘古沉默却延续这血脉与传承的墓地的其中一个原因吧。在自己所写的散文诗《清明》中，我这样写到：

> 青天为帐，大地为席。
>
> 芳草凄凄已不是这个时节的姿态，先人的对语在风中携带雨点，与我们的跪立，相向而行。
>
> 纸钱飘飞的心事，收下的思念，彼此的祈祷、祝福，加深了阴阳的距离。
>
> 无论孰重孰轻，我们都是继往开来的血脉。很像村庄旁的那条河流，是如此的源源不息。
>
> 弥漫着飞烟的金额，只是一张纸，只不过派生了不同的时间。
>
> 所望先人祸福所依，把我们的祝愿带往莲花的仙界，在天上赐予我们勤劳的手。
>
> 我们也终将归于墓穴，觊觎更多的花草。
>
> 在先人长眠之地，我只不过是叩响血脉回流的梆声，敲响对于生命的尊重，把一个后人的凤愿说出，又一次回答自己的，也是前辈的追寻。

是的，我们是过来这块墓地寻梦的，一代人在这里说着一代人的梦，这是一块被梦想所萦绕的土地。每年清明节的沙岭坡，也像是人间的一次大聚会，在这里也总会碰上几个少时的熟人，便也不免停下脚步，喧聊几句，说的话题其实也是与梦想有关。有的人依然在追梦路上，有的人已梦想成真，有的人却是美梦破灭。但新的梦想却已燃化于刚才的那堆烟火中了。对于我们一路走走停停，年少的侄子总在催促着我快点回家了。在墓园已有好几个钟了，他说自己有点尿急了。我笑了一笑，顺手指了指前面的一块空地说，到那里拉吧！但话说出后，我还是迟疑起来。在沙岭坡的地界下面，哪一块空地下面不曾睡过一个像我们一样活生生的人呢？这泡尿下去，肯定会撒在他的身上的。孩子已经憋不住了，一泡冲出，铿锵有力。母亲念叨着什么。她肯定在表达一份歉意。小孩做错什么吗？再过几十年、上百年，肯定也有年轻人这样演绎着同样的事，我希望自己泉下有知，一定安静聆听这潺潺的水声，并送上自己的祝福，因为年轻人代表着一块土地的未来，希望这泡尿可以滋润这片土地上的阿花阿草，草绿了，花开了，土地便也有了更多的希望。

晨露的去向

表弟阿勇已在我的视线中消失 20 多年了，他似乎没有留下一点点痕迹，就像我刚刚看到的天上那朵云，说没有就没有了，也就仅仅是一阵风的功夫。

1997 年底，祖母病危，我和二弟将攒来的 1 万元寄回雷州家里，以防祖母不测之需。1 万元，在当时算是一笔不少的数目了，我所工作的宝安那时房价也就 2000 多元一平方米，相较于现在动辄十万八万元的单价，可以想像当时的钱真是一分顶一分用的。

钱存进母亲的存折还没有被捂热，阿勇来了，说要临时借用一下，也就几天可以还回来，不会误事。阿勇是我大姑妈的大儿子，在我们的心目中，他一直是一个乖巧懂事的孩子，我自己就在大姑妈家生活了 4 年，与他同住同睡同学习，他为人做事谦和礼貌，而且一直非常尊重我这个大表哥。母亲问我这事咋办，我想都不想就说，给他吧，我了解他，也相信他，他一定是非常急需，才会这样提出的。阿勇当时中专毕业没有多久，读的是会计专业，他同家人说在蛇口的一家银行工作。这是一件很体面的事，毕业后就可以进入银行这样金黄色的单位，而且是在经济特区。蛇口与我工作的宝安也就十多公里的车程，我没去过他所说的银行，他倒曾来到我单位几回，但穿着朴素寒碜，脚下的那双皮鞋仿佛涂了一层灰尘，让人觉得他是刚从泥地里趟过来，而不是如他所言从工作的银行来的。这样明显不相符的细节，我也不在意，因为他原本就是对吃穿不怎么讲究的人，况且他是我的至亲，我找不到怀疑他的理由。母亲将存折给了阿勇，让他自己到镇里取了钱，还一再叮嘱他，尽快还回来，你外祖母一躺下，可是要用上这笔钱的。躺下，是我们家乡对老人去世的一种避讳的说法，从买棺木、入土，到丧事期间大大小小的法事，都是要花钱的。但过了一个星期，母亲联系阿勇，却再也无法联系上了。问大姑妈，她吞吞吐吐，似乎有什么难言之隐。1998年初，祖母去世，祖母的丧葬费还是我们另外借来的，也是希望老人家走得体面点。阿勇应该是祖母最亲近的外孙，因为这事，二弟还生气了好一阵子，当时说，看到他，一定狠狠揍他一顿。

后来，我才知道，就在祖母去世前后的那段时间，就有十多人找上大姑妈的门来，说阿勇借了他们很多钱，要求还钱，至于是借了多少，大姑妈、大姑父没有与我们说起过。听旁人说，有几十万。这个数目在当时算是大额的了。大姑妈也在电话里一再追问阿勇钱哪去了，他说用于投资了，但投资做什么，却是死都不肯说出。那是一个传销活动非常盛行的年代，我猜想着，阿勇应该是参与传销去了，钱花光了，路也绝了。大姑妈回忆说，阿勇在1998年好几次给她电话，让转点钱给他，她让阿勇先回来，并告诉他家里没有钱给他了，有钱也要还给人家，让他自己想办法解决生存问题。当时说话间，可能都在气头上，针尖对麦芒，颇是火爆。在这之后，阿勇就再也没有往家里打电话了，他扯断了与家里联系的最后一条线，像一只断了线的风筝，不知飞到哪去了。他是挂到哪棵树上，落到哪片地上，甚至掉进了哪条河里，无人知晓。

在最初的几年，大姑妈每次同我通电话，都会问到阿勇是否联系我。大姑妈是我父亲唯一的姐姐，自小都是大姐大，做事风风火火，雷厉风行，在小孩的管理上算是挺严厉的。阿勇自小听话，她对阿勇的期望也最大。我当时想着，只要阿勇来深圳，他是肯定会联系我的，他从来就没有开口向我借过一分钱，就是他借用母亲的钱一事，我也没有同他有过什么交流，大家骂他，我还想办法为他开脱。我在那家单位工作了近十年，他要联系我，是非常容易的事。虽然时代变了，我的传呼机再没有使用了，但单位在那里，他随时都可以联系上我的，这是我一直所期待的。况且，他是我的表弟，是我的至亲，他确实做错了一些事，却也是我所能包容的。世间有太多的东西不是钱所能买到的。我同二弟一再表明了自己的态度，二弟的气也渐渐消了。一个人，漂泊在外，如同一棵树被斩断了根脉，其中的艰辛可想而知。我们都担心起他来。

坊间都在传着，阿勇可能因为欠人家的钱，被人弄死了，要不怎么可能不回家呢？这是挺可怕的事，但没有什么事是绝对不可能的。这种说法，估计大姑妈、大姑父也是听过的，只是他们却不以为然，一直坚信阿勇不会有事，至少他是活着的。我有时甚至怀疑，他们是不是知道阿勇的消息，向我们隐瞒什么。大姑妈后来买了一套新房，还特别写上了阿勇和阿勇唯一的弟弟，我的另一个表弟阿坚的名字。她说，阿勇总会回来的，属于他这一份，不能少。

2010年1月，阿坚因病去世。但阿勇还是没有出现。这让我相信，大姑妈他们确实也是联系不上阿勇了。老年丧子，该是人间多大的痛啊。春节前，我与一名相熟的，在某知名报当记者的朋友刘兄聊起此事，他甚是同情，说你弄个资料给我吧，我整理一下，在我们寻亲栏目上发一发，我们报纸的影响力大，此人只要在人间，总有人认识的。我手头中只有一张阿勇10年前留下的彩色相片。相片中的阿勇，笑容可掬，这是他习惯性的笑，没有一点点造作。那篇文章在报纸上整版刊登，文末就留下了我二弟的手机和QQ号。此文引起了强烈的反响，二弟接了几十个电话，收到了数十条留言，听了很多建议，也掌握了一些线索，但最后都证实了这些与他同名的人不是我们所要寻找的阿勇本人。我也利用自己的私人关系，让在派出所工作的朋友，试图找到阿勇所持有的身份证号的活动记录，但始终找不到对得上号的信息。

2012年，大姑父是在对阿勇的思念中去世的，这份隐匿的情感熬干了他的残年。死前，他说自己梦到阿勇是活在一个靠近水的地方。一个活着的阿勇，这是他留给这个世间最后的念想，他带着这份梦走了。水是人生存之本，是生命之源泉，有人的地方就有水，没有大河，必有小溪涓脉。大姑父用梦给了所牵挂的孩子祈求了一个生的愿景，也在虚幻中，在回光返照中给自己圆梦，但愿他去世时了无牵挂。

在阿勇生与死的问题上，其实我更倾向于前者。一个人死去，有无数的可能性，但一个人活着，却只需要一个理由，那就是他没有必要就这样死去。从那些借钱者的家庭情况来看，都是一些平时里看上去很实诚的人家，而且摊到每家，所借钱的数量也是到不了要抵上一条生命的。况且，这种失踪多年后又活着回来的，就仿佛时间磨平了消弭了一般，在我的祖辈中就有先例。这也是我一直相信阿勇活在这个世上的理由。

昌隆公是我父亲的祖父的祖父，出生于1848年，在书面上，我应称他为天祖。昌隆公年轻时是一名出色的水手，常年出海，漂泊在外。但在约20岁那年，出去后，就杳无音讯。他的父亲文华公只有这么一个儿子，他的失踪令整个家庭几近崩溃。时间已过了25年，家里为昌隆公做了法事，希望这个无家的亡灵得以超度，甚至灵台上都为他刻制了灵位。文华公更是为当时没有阻止儿子的那次远行而痛苦自责。巧的是，某天，我们村里一名族亲前往澳门送货。没想到竟然在那里碰到了已经40多岁的昌隆公。在族亲的帮助下，昌隆公终于得以还乡。至于他是怎么到了澳门，在那里以何为营生，现在已无记载。但20多年的漂荡生活，令家人如此挂想，昌隆公甚是后悔。像"男儿立志出乡关，学不成名死不还。埋骨何须桑梓地，人生无处不青山"这类的励志诗，估计他是没有读过的，但因为立志出人头地，直至无所作为，乃至于无颜去面对父老，而差点毁掉了一个家庭。其实对于父母亲而言，有什么比得上看到自己的子女健康安静的生活更重要呢？昌隆公娶妻生子，自始安居乐业，就他这一脉，现在已有后世子孙约200人了。他当年归来，虽然没有像我的另一位在20世纪40年代外出谋生的族亲"荒公"一样，在改革开放之年，以70岁的高龄，西装革履，带着一个10多人的家庭从新加坡衣锦还乡。但昌隆公毕竟还是回来了，这是情感的回笼，一种生的希望的失而复得，同样弥足珍贵。

前年，父亲同我说起村里的一件事。说阿根你还记得吗？他不知哪去了。阿根是个单身汉，村里的人多叫为"疯根"，他父母早死，在那个物质匮乏的年代，他常常捡别人丢掉的死鸡死鸭回来吃。但我从来就没觉得他是疯，最多是智商低弱一点而已。我外出念书，直至工作后，每次他在路上看到我，就远远地喊我的乳名。我的乳名很久没有人叫了，或者在他的记忆中，我与小时候并没什么太大的区别，我与他之间的关系，与流动的时间是无关的。每次，我叫他一声"根哥"，他都很知足开心的样子，傻傻地笑着。估计村里没有几个人叫他"根哥"的。他也不知同我说什么，在我的印象中，问得最多的是"吃饭了吗"，不管什么时间，上午10点或下午3点，他都这样说着。一个60多岁的人，一个智力有点障碍的人失踪了，对他来说，肯定是死路一条。但去年的某一天，回到老家的父亲同我说，他到镇里，看到阿根了。他扶着一个约70岁的老太，好像夫妻一样。我忙问父亲，你确定吗？父亲说："千真万确，我还叫他名字，他看了我，还'嗯'了一声，但那个老太太紧紧攥着他的手，示意他尽快离去，我再看一眼，他们已被裹挟并流散于人流中了。"父亲告诉我，那老太太的眼神惊惶，好像怕他抢走阿根一样。在我们村里，很多人都讨厌阿根，而在这里，却有人将他宠着，像宝贝一样。父亲同村里一些人说起这事，不过，没有几人相信，他们更愿意那是另一个人，因为"疯根"是不会有人要的。但我是相信，并希望这是真的。一个60多岁的孤苦老人，可以找到自己的爱情，找到一个安稳的家，这是一个多么完美的结局。那天，我非常开心，并打心底里祝福他。甚至，我也希望自己在某一天，在某一个城市，在某一条道路上可以遇到阿勇，就像父亲遇到根哥一样。我知道，就是再过三五十年，我们一定是彼此一眼认得的。

电影《寻梦环游记》中说到，每个人的一生有三次死亡：第一次死亡，是他的心脏停止跳动，肉身死去，这是生理上的死亡；第二次死亡，是他的葬礼，亲朋好友都来正式道别，宣告一个人离开这个世界，这是社会学意义上的死亡；第三次死亡，是最后一个记得他的人死亡时，时光将他活过的痕迹完全抹去，那他就彻底消失，真正死了。按照这三种说法，阿勇第一次死去还没有得到证实；他的第二次死去也是不成立的，因为他至今还没有举办葬礼；而像我这样的一大批认识他的人还活着，想着他，念着他，包括他自己的母亲，因此，他的第三次死亡同样是不存在的，故而，大姑妈坚定不移地说他活着，是有依据的。

大姑父去世时，他是带着这个念想走的，当时在场的人都告诉他，阿勇将风风光光地回来，一定会回来。我们都在期待着。人都是要活在希望中，有希望才有未来，这是活着的大姑妈的未来。

一个美好的清晨，阳光柔软地抚过宝安灵芝公园的树、草、花，以及在这座公园里行走的每一个人，也包括就在这里散步的我。我停下脚步，看到一粒晶莹剔透的晨露正挂在叶尖上，向我眨着眼。但我再走一圈回来的时候，却再也看不到它了。晨露哪去了呢？这似乎是一个无聊无味的问题，但明天再看到另一粒晨露的时候，我肯定还是这样追问的，如同面对一些莫名消失的人。

人间富贵花间露，纸上功名水上沤。草丛间一刻钟，人世间该是好几年了。我想着，像阿勇这样的人，或许他是把自己藏起来了，已经升腾并化为水汽了，而我们则被晾在阳光下。我们是透明的。

心有多大，城有多大

我们家里第一个到深圳的，竟然是我母亲。

1990 年秋的某一天，母亲与她姐姐，也就是我的姨妈，相约乘坐长途汽车从故乡广东雷州出发，来到当时的深圳市宝安县光明农场探亲。母亲那年 40 多岁，只读过小学三年级的她，普通话中夹带着浓重的家乡口音，她说到光明，司机却听成了同属宝安的公明，那时通讯也不畅通，她俩因此迷路，辗转 4 个小时，最后总算到达目的地。

母亲在深圳逗留了 7 天，被亲戚带着到深圳东门、蛇口海上世界等多个繁华地段逛了一圈，从来没有出过远门的她算是开了眼界。回来之后很长一段日子，"深圳"都会频繁出现在我们的生活中，在她给我们所描绘的有关深圳的话语中，包含了以下的词语：人多，厂多，人忙，楼高，灯亮，景美，城大。母亲说，有机会，你们一定要到深圳去。这算是母亲当年对我们兄妹四人的期望。只是她却不曾想，自己在几年后，却要长住此城。

1992 年、1995 年，二弟和我，沐着邓小平南巡的东风，先后来到了

190

深圳宝安打工。1998年春天，我们又一起在深圳宝安74区买了一套房子，算是把家安了下来。父亲是退休教师，母亲却是实打实的农村妇女，对于我让他俩迁居深圳的建议，母亲心怀忐忑，除了担心琐碎的生活习惯之外，她最顾虑的应是自己蹩脚的普通话会让她在这座车水马龙、八街九陌的城市中再次迷路。我笑着对她说，别担心，我们的邻居来自五湖四海，大家的普通话旗鼓相当，说得怎么样没有多大关系，反正最后都能听懂的。父亲和母亲是2000年从老家过来深圳居住的。也就是那几年，小妹和三弟或因工作，或因读书也来到这座城。老家的族亲们开玩笑地说，这一家是整个窝都搬到深圳了。

　　阳光暖暖地撒在宝安的街区，每一寸都散发着金亮的光质。这是南方特有的气息。对于世居岭南的父母亲来说，这里的气候环境他们很快便适应了。早上7点，父亲提着菜篮子，坐上宝安74区门口的605公交车，前往2千米处的上合市场，或到5千米外的五区市场。为家里买一篮好菜，成了他每天最重要的工作。母亲则以厨房作为自己的岗位，合理地调整着刀、锅、勺、盘的顺序，就希望为工作了一天的我们做出一道可口美味的饭菜。一个人坚持做一件事，十年如一日，已难得可贵的，二十年，当属爱到深处无怨尤了吧。在深圳的这些年，我们每个人为生活奔忙，几乎隔上几年就会换个岗位，但父母亲的岗位却从来就不曾变过，操持一家人日里三餐，并且乐在其中，甘之若饴。回头一看，这也是很多随迁城市的老人所共同的角色。这都是由一份亲情所依托。

　　宝安于东晋咸和六年始设县，迄今已有1600多年的历史，被誉为深港文化之根。深圳的"圳"字在客家方言中为田间水沟之意，它原为宝安县的县治所在地。1979年，宝安县改为深圳市，并于1980年成为经济特区，成为中国改革开放的窗口。天风浪浪，海山苍苍，中国改革开放的号角从这块土地吹响，"敢闯敢试，敢为天下先"的深圳人，由此引领着一块古老土地沧海桑田，华丽嬗变，创造出了世界经济史、城市发展史上一个又一个奇迹。

时光算是世界上最有耐心的雕刻大师了，悄然之间，一切都会顺其自然地被雕琢得细致，耐人寻味。走在深圳的一些老镇，星罗棋布的厂区、园区已在不经意间改变着一座座古镇的容貌，一座座直入云天、鳞次栉比的高楼大厦，像当年的庄稼一样，在这片土地上蓬勃生长，让人体验着城市迅猛发展的节奏。跨入新世纪的前海深港合作区、宝安中心区等新城区，更是日新月异，气象万千。粤港澳大湾区的蓝图已渐次铺开，伫立于珠江口东岸、伶仃洋畔的深圳，风帆正悬。

生机勃发的深圳，用改革开放的四十年，让古老与新兴，古典与时尚，厚重与活力，交相辉映，却又和谐相处，演绎着人世间亘古的变与不变。只是一座城固有的风韵，却总是不变的，藏匿于各社区中的古村、书院、宗祠，漫不经心地闪烁着厚实而温润的光泽，如玉，端庄。全市星罗棋布的近700家图书馆，1000余座公园，散布于各社区、厂区，闪烁着青春活力的星火，点缀着城市的底色。在宝安的新中心区，就在我家附近，一座日平均接待读者1万次的全国最大的区级图书馆宝安图书馆就坐落在核心的位置，逢公休日或节假日，图书馆的自修室已是一位难求。

一座城的地理方位，常常决定着它行走的节奏和方向，也影响着迁居于此城的我们的生活。深圳的节拍，必然也是我们家的节拍。二十年来，父亲说得最多的是，做任何事，要肯干、快干、实干、精干。就知道，幸福都是奋斗出来的。这教我们时时牢记在心，万不可虚度年华。这些年来，因为工作和旅游，我有机会面对面认识了很多城市的市花，如广州的木棉花、上海的白玉兰、厦门的三角梅、兰州的玫瑰，它们在所在的城市里吐芳争艳，反倒成了最普通的花。看着周边一个个勤奋的亲朋、邻里，还有许许多多的陌生人，我便想到了深圳的市花簕杜鹃，它遍布于城市的角角落落，尽管平凡，却时时活得认真，活得激情，活得踏实而笃定，真像一个个普通而热情的你我。

在天命之年，来到深圳的父母亲，用了寻常百姓家朴实无华的 20 年，成为一段幸福生活的亲历者和见证者。他们的幸福是不需掩饰的，是平和又真诚的。说着一口带着雷州味道普通话的母亲，与当年身边一批批的"外来人"已融入了小区、公园、市井的愉悦生活之中。母亲常常独自一人乘坐小区门口的地铁，到深圳罗湖探亲访友，在现在她看来，再大的城，也能装在心里，她再也不担心会迷路了。对于像父母亲这样踏入古稀之年的老人而言，一个家搬到远处，仍然保持着团圆的样子，这便是若古人所言"此心安处即是吾乡"了。这些年，我们兄妹几人在这里安家置业，生儿育女，居住的条件也逐年改善，但却始终没有离开深圳。近日，在报纸上看到了一条有关"易危"级鸟类黄嘴白鹭的消息，这种鸟对环境的要求极高，现在迁居深圳海岸，自然令环保工作者身受鼓舞。人择善而居，鸟择林而栖，这是飞鸟用翅膀为生态深圳点赞，可喜可贺。我们从雷州半岛迁居深圳，也当算是择居者吧，只是我们却同样也是筑巢者，这是我们一家幸福自豪的最大理由，也当为一名创业者的荣耀。

从 1979 年至今，深圳市常住人口从当初的 30 多万，增长到过千万，一座原先主要由客家人居住的边陲小城，已蜕变成全国性经济中心城市、国际大都市。移民文化和创业创新文化为这座城市的发展提供着源源不断的营养。这是一座移动的城，或向南或向北或向东或向西，或向上或向下，城市开发的指挥棒指向哪里，人才便迅敏地流转到哪里，它向所有志于这座城市建设的人伸出有力的臂膀。来了，就是深圳人。

深圳，一座充满着激情、包容和理想的城，携带着强劲的创新、实干基因，站在高端。心有多宽，城就有多大，梦有多远，路就有多长。

后记　在城市与故乡之间穿行

人到中年，总想找一种庄严而虔诚的方式，与故乡建立某种亲昵而隐秘的联系，仿佛只有这样，远在他乡的自己才会有种踏实的归属感。

年龄的增长，让我更加体会到，无论是身在高楼如林的城市，还是隐匿于灯火如素的故乡，越是寻常的日子，越是市井化的色调，越发彰显笃厚、质朴的可贵。在故乡与城市之间，总有一股神秘的力量牵引着我，让一个个似曾相识的情景和面孔，更加清晰具体，让我会不自觉地总爱将它们彼此比对、关联起来。

走在故乡的池塘边，遇见一棵年少时熟悉的榕树，我会想到深圳宝安大宝路、公园路那一排排的榕树，想到灵芝公园那一片茂密的榕树林。它们盘根错节，一棵棵长须披肩，却是心藏苍绿，满目生机。

看着单位办公室瓶子里蓬勃生长的一叶莲，我会忍不住想起故乡的荷塘，那里的莲花同样长得认真而勤奋，满满的一塘，在清风中正散发出淡淡却悠长的清香。

把故乡的乡亲送来的番薯当成盆景养在深圳的阳台上，看着它生根

194

发芽，那浓烈的绿，那娇艳的紫，甚至那一条条在水中荡漾的银白根须，都让我忍不住，一次次写下"雷州"两个字，那是远在雷州的亲人在故乡的土地上耕种的香甜，它现在变身爱的使者，从故乡来到一座我曾经人地生疏，现在却烂若披掌的城市。它是带着使命而来，教我记起了一双双熟悉的眼神，听到一声声叮咛：无论你担当何样角色，都应该好好活，并且要活好。

有认识的朋友问我，你是深圳人吗？我脱口而出，不，我是雷州人。当时的我回答得那样自然而然，那样理所当然，其实我已经离开雷州20多年了。我一直也在反思，自己当时的回答是否太不近人情了，我在深圳生活已超过20年了，事实上，这里更能体现自己的生活状态，我在这里结婚生子，安居乐业，这座城市给自己的才是一个实实在在的家，怎么就不是深圳人呢？

这些年，由于工作的缘故，我在故乡停留的时间并不多，但这并不影响我对那方水土那群人的牵挂。故乡葱茏的榕树，水花四溅的鱼塘，甚至模糊了容颜的父老乡亲，一次次变幻着模样出现在了我的笔尖下。平常的文字，让我在城市中，感受到了远处的关注和温暖，也从那块桑梓之地，找到了新的养分和力量。两个地方，两处坐标，这都是自己唯一的印记，因此便也有了以文字将它们连接在一起的冲动。

儿时，祖母教我雷州童谣："侬啊，放眼利利看书册，个字都桥九邱田"（意为"小朋友啊，好好读书，一个字都值九亩田"）。那时，我是在家乡的期盼中野蛮生长，目的却只有一个，那就是逃离，逃离生养我们的故乡。远方一年一年诱惑着我，从那个生满榕树的河塘边，一步一步地逃离。我，或者说我们这一代人，是自发的，尝试用一种猛烈的方式与故乡生离的，忍着痛，不回头，然后在繁华的他乡，定居、结婚、生子，过着或热闹，或寡淡的日子。故乡成了一个隐匿在心底的影子，被我们用回忆一遍一遍描摹，亘古不变。

祖母去世之后，仿佛顿悟一般明白，故乡也在离我远去，用我未可知甚至不敢去想象的方式，在生活的洪流之中与我日渐陌生。我们早已如同一群候鸟，在季节的轮回里用某种庄重而肃穆的方式去祭奠那些不可追忆的过去。我是在用文字作为最虔诚的方式，在故乡与他乡之间迂回辗转。它们在我的文字中，互为背景，一个细致而鲜活，另一个便虚化、隐秘。我一笔一画去着色，去还原，这种相得益彰、恰到好处的文字，是我所喜欢的。文字，让我实现了另一种穿行。

　　旅日作家毛丹青曾说，故乡是文学的起跑线。看到这句话，心头有种莫名的激动与温暖。那么多年来，从第一次踏上深圳这片土地，到在深圳成家立业，从孤身一人在陌生城市打拼，到家中兄弟都渐渐来到深圳定居，再到把父母从雷州接到身边，真的是日渐疏远了那片生身之地，但这并不代表故乡自此天涯。一个生活在城市的农村人，最大的幸福是，可以站在任何一端回望来路。从故乡农村走向城市，本身就是一种巨大的穿行，笔演绎着我们行走的轨迹，以文字的方式将故乡与城市紧密相连，串联起现实与虚无。

　　这是一股令人振奋的力量，以文字横跨时空，以文学缔结情谊。这当是写作者的幸运之处。我将在持续的穿行中，战栗着、幸福着。